「您別為難我了。」
聽到羅漢的任性要求，陸孫心想這可有得費心了，
側眼一瞧，便被音操狠狠瞪了一眼。
藥師少女的獨語
日向夏
Natsu Hyuuga
illustration
しのとうこ
10

「妳、妳是！」
男子反應誇張地
指著貓貓。

「捉到啦——」
雀 高高舉起網子。
一副顧盼自豪的神色，
但看了讓人有點光火。

「小姑娘，妳回來嘍——」

茶會的主人
是庸醫。
天祐邊隨聲附和
邊吃紅棗乾。
李白擔任護衛，
但手裡拿著核桃，
準備找機會
偷偷剝殼。

「妳准我用其他
更有效的法子？」

「應該有其他更有效的法子吧？」

藥師少女的獨語

INTRODUCTION

請君入西都所為何事？

貓貓等人一路平安，抵達了西都。
壬氏也克盡皇弟之責處理政務，
卻被當成掛虛職的散官。
不只如此，他們在西都的暫居處
還流傳著妖怪「飛頭蠻」現形的風聲。
貓貓採取行動以查清飛頭蠻的廬山真面目。
爾後她又面臨種種問題，
同時思考昔日治理西都的戌字一族
何以招致滅族之禍。
戌字一族、識風之民與祭祀。
五十年前的蝗災，
與十七年前戌字一族的族滅……
隨著新的謎團浮現，
預言中的災害足音也在步步逼近。
而領主代理玉鶯
將壬氏請至西都的目的也即將揭曉？

藥師少女的獨語

10

日向夏

Kadokawa Fantastic Novels

目錄

藥師少女的獨語

目錄

10

彩頁、內文插畫／しのとうこ

人物介紹

貓貓……原為煙花巷的藥師，現為醫官貼身女官。對藥品與毒物有著異常的執著，但對其他事情興趣缺缺。尊敬養父羅門。心裡總是想著如何才能夠平靜度日。二十歲。

壬氏……皇弟，容貌美若天女的青年。行事作風遠比華美的外貌來得耿直實在，然而一旦失控就會做出破天荒的行為。對於自己平凡的才能抱持著自卑感。本名華瑞月。二十一歲。

馬閃……壬氏的貼身侍衛，高順之子。天生痛覺比他人遲鈍，因而能夠發揮超乎常人極限的力量。個性認真但常常白費力氣。心繫里樹妃。

高順……馬閃之父。體格健壯的武人，原為壬氏的監察官。現為皇帝直屬部下，但在皇帝命令之下參與壬氏的遠行。

雀……馬良之妻，已是人母。容貌平庸，但性情放縱不拘，行事積極主動。

羅漢……貓貓的親爹，羅門的姪子，戴著單片眼鏡的怪人。雖是軍府高官，但由於總是做出些奇怪行徑，旁人對他避之唯恐不及。興趣是圍棋與將棋，本領出神入化。

玉葉后……皇帝正室，紅髮碧眼的胡姬。二十二歲。

陸孫……曾為羅漢副手，現於西都任職。具有對人的長相過目不忘的異才。

玉袁……玉葉后的親生父親。原先治理西都，如今由於女兒成為皇后而來到了京城。

玉鶯……玉袁的長男，玉葉后的異母哥哥。目前代父治理西都。

水蓮……壬氏的侍女兼前奶娘。

桃美……馬閃之母，高順之妻。一眼失明，是個令人聯想到猛禽的女中英傑。比高順大六歲。

馬良……高順之子，馬閃之兄。大多躲在帷幔後頭。

天祐……與貓貓共事的年輕醫官，個性輕薄的男子。對貓貓的同僚燕燕有好感。遇到感興趣的事情往往要參一腳。

楊醫官……上級醫官。西都出身。

羅半他哥……羅漢的姪子兼養子羅半之兄。就是個吐槽特別犀利的普通人。

序話

鏘啷一聲，鈴鐺聲傳來。

下了馬車的，是個與玉葉同樣有著一頭紅髮的姑娘。頭上蓋著銀絲刺繡的紗巾，身穿光澤亮麗的絲綢衣裳。

不知她芳齡幾許？聽說她算是玉葉的姪女，但玉葉可不知道自己還有這麼個妙齡姪女。玉葉認識的就只有那幾個比她年長，心眼也壞的甥姪。但玉葉的哥哥玉鶯說是姪女就是姪女。她只能接受。

「玉葉娘娘。」

黑羽從背後呼喚她。黑羽是侍奉玉葉的侍女三姊妹中之二女，她擔憂地看著玉葉。

「沒事的。別操心這個，宴席可都設置妥當了？」

「都妥當了。」

此時，玉葉人在皇帝的離宮。皇帝特別准許她到宮廷外迎接姪女。換作是其他嬪妃，連踏出後宮一步都不行。但玉葉是皇后，這是她的特權。

身穿美麗衣裳的姑娘嫋嫋婷婷地走來，在玉葉跟前跪下。

「小妾雅琴，初次拜見玉葉娘娘。」

「抬起頭來。長途跋涉累了吧？妳今天就在這離宮裡好生歇息吧。」

玉葉一面笑道，一面看著雅琴。從頭紗隙縫一窺的眼眸，與玉葉同樣是碧眼。膚色也是，五官也是，都繼承了濃厚的異國血統。

姑娘長得惹人憐愛。臉上稚氣未脫尚待成長，且帶有來到陌生之地的不安。同時從她的眼眸深處，也能感覺出要求自己振作奮發的一股志氣。

真像。像極了往昔剛剛來到京城，進入後宮時日尚淺的玉葉。

這個姑娘或許也是懷著某種決心才來到京城的。

那也無妨。玉葉只管完成自己的使命就是。

「膳食妳喜歡西都式，還是想嚐嚐京城的美味？」

玉葉臉上浮現溫婉的笑容。像是想用微笑包容笑得有些生硬的雅琴。

來自西方的姪女，怎麼會動起入宮的念頭？是想接在玉葉之後成為皇帝的新寵，或者她看中的其實是皇帝的弟弟？

玉葉不在乎她看中的是哪一個，自己該做的事還是沒變。一握住姪女的手，雅琴頓時變得渾身僵硬。

「手這麼冰，而且有點兒乾燥。我命人準備潤澤膏吧，海風可是很傷肌膚的。」

戒心真是明顯。這要是演技就值得稱讚了。如果是自然反應，那可能是沒能花夠多的時日訓練掌握人心的手段。身為候選嬪妃必須歌舞政事樣樣通，有再多時日都不夠用。

玉葉從黑羽手裡接過潤澤膏，塗在自己的手上給姪女看，讓她知道此膏無毒。

也許是心裡不安，姪女看她的眼中滿是懷疑。玉葉認為這樣最好，要如何懷疑她都行。玉葉將會用柔如絲綿的笑容包容這個姪女兒。管她是渾身帶刺還是針鋒相對，玉葉都會用溫情層層包裹她。會讓她投身自己的懷抱，溫柔地擁抱她。

玉葉拉了拉姪女的手。這動作多少有失莊重，但雅琴的指尖變得溫暖了一點。

黑羽眉頭緊蹙，但沒有出言規諫玉葉。

幸好本來應該在這裡的侍女長紅娘不在。玉葉差她去辦另一件事了。雖然過意不去，但她不在讓事情好辦多了。

玉葉該做的事就是笑。時時刻刻都得保持笑容。

這是父親玉袁從她身上，發掘出的唯一一項武器。

一話　二訪西都

貓貓一邊擦額頭，一邊往馬車外頭看。

直曬的太陽滋滋燒灼著地面。徒步跟隨馬車的那些人，即使戴著草笠還是會被反射的陽光曬到。

（睽違了一年的西都啊……）

上回造訪的時期比這回早些，沒熱到這種地步。雖然幸好氣候乾燥所以還好過一點，但熱就是熱。擦掉的汗也馬上就乾了。

庸醫老早就中暑了，縮在馬車裡的一個角落。

（要是綠意能多一點還不至於這麼難受。）

雀拿出皮袋給她。裡面裝的是加了柑橘皮的水。儘管溫溫的，但喝了多少可以解點渴。

「貓貓姑娘曾經去過西都，對吧？」

「是的，去年去過。」

想都沒想到今年竟然還會再來。這可是平民一輩子無緣體驗的長途旅行。

「但那時候只是短期逗留吧？這次有雀姊好好為妳帶路，儘管期待吧！」
雀眼中閃出光彩。她這人愈是跟差事無關就愈是來勁。
「不了，我還得辦正事。」
貓貓其實也很想好好遊覽一番。這次一個細節都不想錯過。她想看看市面上貿易進口的生藥，還有當地都長了些什麼草木。
但比起這些事情，偏偏有位大人需要她來盯緊。就是壬氏。
（那個混帳東西！）
現在回想起來還是把她氣得七竅生煙，可以想見今後還是會繼續生氣。
「貓貓姑娘，貓貓姑娘，妳的臉孔怎麼這麼僵硬呀？」
雀開始給貓貓搓臉，揉鬆肌肉。總覺得好像總是有人對她這麼做。
「有、有嗎？」
「我是覺得只要說是視察，白天外出也不會怎樣的。到時候，請務必讓雀姊跟妳一塊兒去！」
（完全是拿我當藉口。）
雖說貓貓跟雀很聊得來，比起另外亂找個人來監視要好得多——
「哦，說著說著，好像就到了喔——」

可以看見用大小岩石與磚瓦等建造而成的街道。街上零星種植著綠色樹木，池塘水面晶瑩剔透。遮陽布隨風飄動。

馬車就這麼駛向大宅。本以為會是去年貓貓等人受邀的宅院，結果是隔壁的另一棟房舍。

「是官府呢。」

雀看著岩石刻成的牌匾。

馬車停在大門前。其他醫官都已經等在大門後頭了。

「你們來啦，這樣所有人就到齊了吧？」

膚色黝黑的中年男子楊醫官對他們招手。

「那麼，貓貓姑娘，雀姊要去做別的事了。」

「好。謝謝妳。」

「不會不會。」

雀一路發出獨特的輕捷腳步聲，就這麼走進官府深處去了。

「這邊，這邊。」

楊醫官讓天祐與另一位醫官跟在身邊，呼喚貓貓他們。貓貓與庸醫跟過去。李白走在後頭稍遠處，以免妨礙到他們。

「楊醫官，您來過這兒嗎？」
天祐道出疑問。
「嗯，來過幾回。不過那時這兒還沒變成官府。我是戌西州出身的西都人，說東邊的廂房我就大概知道在哪了。」
「哦。」
天祐自己愛問，回話卻又回得興致索然。
（變成官府之前啊。）
貓貓一面猜測這棟房舍以前的用途，一面走在官府裡。的確，與其說是處理公家事務之處，給人的感覺更像是富貴人家的宅院。
（八成是欠稅欠到房子充公了吧？）
貓貓胡亂瞎猜時，一行人抵達了廂房。各類方藥也都集中擺在這裡。
「今後人員如何安排？」
這次換成一位看起來個性認真的醫官向楊醫官問道。
「這個嘛，我打算跟船上一樣把人員分成三組。月君暫居玉袁大人的別第，漢太尉就住在這官府裡，禮部的魯兒借住玉袁大人的本宅。」
只有一個人的稱呼方式很隨意。大概是跟楊醫官有交情，官階也相同吧。

「那麼，人員分配跟船上一樣就行了嗎？」

「嗯……這次得稍作調整。」

楊醫官抓住天祐，把他推向貓貓與庸醫。

「咦，我跟他們一道嗎？」

這讓天祐歪頭不解。

「還以為我這次也是跟李醫官一起呢。」

貓貓也有同感。另一位中級醫官似乎姓李，無奈又是個常見的姓氏。太常見了難以區分，因此經常都是讓人連名帶姓一起叫。李白就是個好例子。

「我是從大局來判斷。你要跟李醫官一塊兒也行，前提是你講話得懂點基本禮貌。在乘船旅行的期間，你好像出過幾次差錯啊。」

看樣子天祐應該是得罪了前去藥房的高官。

「可是，就算跑去其他地方，我還是有可能冒犯到人家吧。那這樣的話，我是被安插到哪裡去了？」

「你去別第。我待在官府，李醫官就請他去本宅。」

「別第不就是皇弟殿下那兒嗎？那我豈不是更不該去？」

換言之，貓貓也得跟皇弟壬氏待在同一個地方。早就猜到是這樣了。

「哈哈，你以為你能為月君看診嗎？搞不好連見到殿下的機會都沒有。」
楊醫官拍拍天祐的肩膀。天祐好像被拍痛了，摸摸肩膀。
「從醫術方面來說這樣剛好。咪咪剛好擅長調藥。天祐，你雖然不擅長調藥，但只有外科本領在新人當中特別出色。你倆就趁這機會切磋琢磨，學習對方擅長的技術吧。」
（我不叫咪咪。）
貓貓懶得再糾正了。她一面心想只要沒實際害處就不管了，一面偷瞧庸醫。
（還有，他沒把庸醫算進去。）
而且庸醫還沒聽出來。
「還要教學生啊，不曉得我行不行？」
貓貓從忸忸怩怩的庸醫身上悄悄別開目光。
「那就多指教嘍。」
天祐用力拍了一下貓貓的肩膀。
「要說，請醫官多方指導。」
貓貓讓庸醫站到前面。庸醫羞得臉都紅了，躲到了貓貓的背後。
「請老叔多方指導。」
「呃……大家多幫忙喔。」

庸醫被天祐看扁了。

「換了個地方，要做的差事還是沒變。醫生的職責就是診治患者，我言盡於此！每組人員我都派了屬吏幫忙傳話，有任何問題務必報備。」

楊醫官是個做事簡潔明快的上司。貓貓原本也覺得既然地方不同，必定選了個懂得臨機應變的人才，而他也確實渾身散發著在外主事的氣質。

「那就動身吧。」

天祐拿起行李。

官府、本宅與別第。三個地方當中就有兩個是玉袁的宅第，其位高權重可見一斑。官府與本宅相鄰而立，唯有別第隔了徒步約一柱香（五分鐘）的距離。

兩者都面朝大街，但聽不太到外頭的吵嚷聲，想必是因為官府內部寬敞，並以外牆與樹木圍繞遮蔽人群喧囂之故。

除了貓貓等四人之外，另有一位屬吏擔任信使。總共五人讓看起來像是當地人的男子帶路。走出大門後，可將街景一覽無遺。

李白仍然與眾人保持距離走著。天祐頻頻偷看李白。

（也難怪他會起疑。）

區區醫官竟然還有侍衛跟著。而且，還讓庸醫來負責為皇弟壬氏診察。

眼尖的天祐，不可能不去多想為什麼會讓庸醫與貓貓來為壬氏看診。貓貓一邊擔心天祐隨時可能追問，一邊維持著平素的表情往前走。在他還沒追問之前，就繼續佯裝不知吧。

「好期待喲。」

假如庸醫的鬍子還在，大概已經歡樂又輕快地上下擺動了。這個宦官雖然膽小如鼠，但目前似乎被西都的熱鬧景況弄得心裡欣喜雀躍。

天祐也差不多，眼睛忙著到處打轉。只是表情並未改變，看起來與其說是樂在其中，更像是在品頭論足。

（這傢伙真的很難以捉摸。）

對貓貓而言，天祐是個摸不透心思的男子。只知道他那人的性子，一看到什麼事情似乎很有意思就會立刻抓住不放。如果知道天祐對什麼事情覺得有意思，還有法子預測他的行動，偏偏就是不知道他對哪個部分感興趣。

「哦？」

一走出官府，天祐就歪了歪頭。

正不知他是怎麼了，就看到一張熟悉的容顏。對方似乎也注意到了，往貓貓他們這邊走來。

「久違了。」

帶著溫和笑容的儒雅小生——陸孫恭敬地低頭行禮。他過去曾是怪人軍師的副手。

（之前聽說他被調到西都了。）

陸孫皮膚比以前曬黑了一點，想必是因為西都太陽大。背後還跟著兩名隨從。

「久違了。」

「真的是好久不見了。」

天祐跟貓貓一起回話。只有庸醫臉上寫著「他是誰啊？」偷看貓貓的臉。

「兩位認識？」

貓貓忍不住輪流看著陸孫與天祐問道。

「是，因為我對人的長相過目不忘。」

陸孫微微一笑。同時，神色中似乎也帶點疲勞。衣服滿是灰塵，鞋子也是髒的，黏著厚厚的汙泥。

「上頭教新進人員的第一件事，就是一定要認得出那位軍師大人的副手。」

天祐認識陸孫的理由也十分明確。

「……啊——原來是這麼回事。」

天祐招呼是打了，但似乎對陸孫不怎麼感興趣。庸醫也是非但不認識對方，連怕生的毛病也發作了，在那裡忸忸怩怩的。但也不能二話不說就走人，這下只能由貓貓來跟對方寒暄了。

「這位是醫官大人。我這次是作為這位大人的貼身女官前來西都。」

「醫官大人？」

陸孫看著庸醫偏頭不解。

（我想想，庸醫的名字叫做……）

差點就又想不起來了，記得是叫盧淵，人家上次應該是叫他盧淵。不過，貓貓忽然間改變了想法。

「您可曾聽說過長期於後宮任職的上級醫官大人？」

貓貓刻意採用不說出名字的方法。

「噢，這位大人就是……」

陸孫敲了一下手心。

（好險好險，差點兒給忘了。）

庸醫是阿爹羅門的替身。大家都是這麼看待他的。

而陸孫也不可能不認識怪人軍師的叔父羅門。這下他應該聽出庸醫就是後宮僅此一人的醫官了。

（隔籬有眼，隔牆有耳。）

雖然都是同一個國家，但西都可算是異鄉之地。更重要的是，陸孫的兩名隨從似乎也都是西都人，發言不可輕率。說什麼話都得小心。

貓貓也沒什麼其他事情要說了，於是決定趁還沒露出什麼馬腳之前速速開溜。

「陸孫大人似乎公務繁忙，小女子不敢再挽留了。」

「不會，我是出外差剛回來。日前我稍微出了一下遠門，但想到各位差不多快到了，便火速趕了回來。沒想到各位也剛好抵達。」

陸孫笑容可掬，衣襬卻沾有濺起的泥巴。現在是乾了，不過原本的顏色應該更黑，屬於肥沃泥土的顏色。

（是去看田地了嗎？）

西都天乾物燥，路旁不會有水灘。就算有，也應該是更白、更缺乏養分的沙土色。只有灌水的水田，才會讓衣服沾上肥沃的黑泥。

這麼一來，就表示他是從更為鄰近水邊的農村一帶回到這裡。他說他是火速趕回來的，所以一定沒有多餘心力去整理儀容。

（難道都沒人告訴他我們抵達的詳細時日嗎？）

就算要出遠門，照陸孫的作風，這點小事應該會掌握得很清楚才是。

「那麼，改日再會。聊得太久，會被我那前上司盯上的。」

笑。

陸孫看起來似乎還沒聊夠，但大概還有事要忙吧。天祐知道前上司指的是誰，在那裡偷

只有庸醫無法加入話題，從頭到尾都顯得很寂寞。拿他沒辦法，等會半路上得跟他解釋陸孫是什麼人才行。

儘管有很多事情需要思考，但貓貓想起楊醫官說過的話。

（醫生只要管好醫生的職責就夠了。）

貓貓是藥師。藥師只要管好藥師的職責就夠了。

二話　上司與前上司

陸孫回到自己的房間後，長吁一口氣。他目前借住於官府裡的一個房間。

「故意和我過不去嗎？」

陸孫嘴裡咕噥著，脫下被沙子與泥巴弄髒的衣服。

陸孫表示想出外差巡視農村，已經講了一段時日了。數日前玉鶯才終於給了許可，之後他忽然有種不祥的預感，就在今日趕了回來。

「出發前往農村的時候，分明聽說會晚到個幾日……」

誰會晚到？自然就是方才遇到的，那些來自京城的客人。但令他驚訝的是不只前上司，竟連他的千金也來了。

「難怪羅漢大人會答應前來。」

雖然對他的千金貓貓過意不去，但陸孫覺得有點好玩。可以想像羅漢一定是樂不可支地搭上了他向來排斥的船。人家告訴陸孫前上司大約會在十天後來訪，因此陸孫先告了個五天假前往農村，沒想到——

陸孫一拍上衣，就掉下一堆沙子。他很想洗個涼水澡，無奈沒那閒工夫。可能連擦身體的閒工夫都沒有。不得已，只好拿香膏往脖子塗。在西都說到用香不是香水就是香膏，而陸孫手邊只有兩種香。一個是玉鶯當好玩送他的香水，另一個則是走在街上拗不過小販買下的香膏。

他這次選用被迫買下的香。西都的香全都香氣過嗆，有點廉價、香味較淡的香反而恰到好處。更何況，他絕不會把玉鶯給的東西搽在身上。

塗點香膏正好足夠掩飾汗臭味之後，陸孫掛起笑臉。

做生意不能沒有笑容。面對客人必須常保笑容。

他想起母親說過的話。

看到陸孫比預定時日回來得早，不知道玉鶯會是什麼表情？若是前上司也在就有些尷尬了，但莫可奈何。陸孫勒緊腰帶，走出房間。

「久疏問候。」

陸孫神態自如地走進大廳。玉鶯與他的部下們以及眾賓客，正在享用一場小宴。侍者們輪番進出，將各色盤饌一一端上桌。

離晚膳時刻還早，吃得倒是挺鋪張的。

陸孫不可能忘記這些賓客的長相。

滿臉鬍碴戴著單片眼鏡的男子是羅漢，不用說也知道是前上司。旁邊是他的副手音操。這名男子比陸孫更早跟隨羅漢左右。陸孫記得自己成為副手時，音操還淚眼婆娑地感謝他讓自己脫離苦海。

雖然是個能幹的人，無奈運氣太壞，常常抽到下下籤。既然已經成為羅漢底下的人，對自己的惡運就只能死心了。

音操似乎看到了陸孫。他對陸孫稍微致個意，然後對羅漢耳語幾句。

羅漢還是老樣子，一臉傻相看著陸孫。如果不是音操告訴他，他大概永遠不會注意到陸孫吧。陸孫有時真想問問自己看在他眼裡是個什麼樣子？

羅漢頻頻招手叫陸孫過去，但他不知道這麼做妥不妥當。陸孫看看玉鶯的反應。坐在餐桌中心位置的西都領主代理揮揮手，意思是叫他去致意。

陸孫覺得尷尬至極。音操一臉難以言喻的神情看著陸孫，只差沒說：「你是站在哪一邊的？」以陸孫的立場應該以上司還是前上司為重，不用解釋也應該知道才是。

至於羅漢則是顯得毫不介意，只顧著吃炸食。背後有個初次見到的侍女先嚐過每道菜，再留一丁點兒給羅漢意思意思。看起來像是在試毒，但侍女吃掉的部分太多，端到羅漢面前的幾乎與剩菜無異。

聽說皇弟也已來到西都，但沒到場。這場宴席似乎也並非國宴，受邀的羅漢大概是沒多想就跑來了。看音操眼光游移成那樣，讓陸孫知道這場宴席本來是應該推掉的。

「我想想……陸孫，我想吃那個饅頭。」

羅漢講話前停頓了一下，本來還以為他是忘了陸孫的名字，結果不是。而他說的那個饅頭是——

「音操說不知道是哪家的饅頭。我都說是『那個饅頭』了。」

不是，說「那個饅頭」誰也不會知道是什麼。原來是想吃饅頭才把陸孫叫過來？

陸孫回想過去的記憶。

「是甜的對吧？」

「對。」

「有包餡嗎？」

「好像沒有。」

那就不是裡頭包著甜餡了。

「是沾著某種醬汁吃的東西嗎？」

「沾了沾了。就是那個白白的好吃。」

陸孫想到是什麼了。

「羅漢大人，您說的是六六飯店的炸饅頭吧。」
「好像是。」
羅漢過去在店裡吃過一次，後來又讓陸孫去買過幾次。
「音操閣下，請為大人準備炸花捲，搭配加了砂糖的煉乳。」
「知道了。」
羅漢的面前放著花捲，大概是看到這個就想起了那饅頭吧。
「炸麵包配煉乳，好像很好吃呢。」
看似負責試毒的侍女兩眼發亮。看她那模樣不太像是侍女，不知是否又是羅漢撿回來的。
「雀姊，能否請妳試毒試得再內斂一點？」
「哎呀，雀姊這廂失禮了。」
這個吃太多的試毒侍女似乎單名一個雀字。從音操的態度看來，她似乎並不是個普通的試毒人，而是從別處暫時請來試毒的人才。
不過許久沒見，一見面卻是講這種事情，讓他覺得羅漢依然還是羅漢。
「羅漢大人，明天的點心就為您準備。」
「我今天晚飯就想吃。」

「您別為難我了。現在正在參加宴席啊。」

音操嘰嘰咕咕地小聲說道，像是怕被人聽見。聽到羅漢的任性要求，陸孫心想這可有得費心了，側眼一瞧，被音操狠狠瞪了一眼。

「閣下似乎別來無恙。」

陸孫找話跟音操講，試著打圓場。

「是，我這兒一切安好。閣下倒是好像沾染了不少西都的習氣。」

音操似乎注意到陸孫曬黑的皮膚與散發的香氣了。陸孫待在京城的時候，從來不曾焚香。這回是為了除去汗臭才搽，但就算說了，聽起來恐怕也只像是藉口吧。

「陸孫日前出遠門才剛回來。你就放過他吧。」

玉鶯一面吃肉，一面規勸音操。看來他都聽見了。

「是、是這樣啊。」

玉鶯忽然對音操說話，嚇得他臉色發青。大概是想都沒想到玉鶯會跟自己說話吧。

「吃食還合您的胃口嗎？有任何想吃的，我立刻讓人做了送來。」

「可有六六飯店的炸麵包？」

羅漢毫不客氣地開口要東西。京城賣的炸麵包自然不可能出現在西都。

「哦，是什麼樣的炸麵包？」

玉鶯開口問了，陸孫就得負責解釋。只覺得胃裡一陣絞痛。

一想到短期間內可能都得應付這種場面就覺得吃不消，陸孫嘆了口氣。

三話　別第與被遺忘的男子

玉袁的別第看起來似乎相當適宜人居。要講得具體一些，就是綠意盎然。

西都的所在地戌西州，雖然給人遍地沙漠的印象，但據說實際上大多是草原。天氣乾燥，但並不都只有砂土，還是有點水分可供草木生長。話雖如此，水很珍貴也是事實。

（上次住宿的是本宅嗎？）

那裡也是個綠意盎然的大宅。大宅只要庭園裡滿是翠綠蓊鬱的樹木就象徵了財富。當然，這對於附近就有大河流經，且離海邊也不遠的京城居民來說應該不算什麼，但是——

（至少還是能療癒身心。）

造園設計近似於京師風格，但種植的大多是貓貓沒見過的花木。看到這些花草樹木就想確認是否具有藥效，是貓貓的天性。

「小姑娘，總之先把行李放下再說吧。經過這麼長的旅途，我已經累壞了啦。」

庸醫一臉疲倦地看著貓貓。

「也是。咪咪，等到了給大家準備的房間，我們來猜拳決定誰可以在宅院裡探險如何？」

天祐似乎也跟庸醫持相同意見。

擔任護衛的李白，與貓貓他們三人保持幾步距離走在後頭。

為他們準備的藥房是宅院的一間廂房。疾病一般都被視為汙穢之物，他們對地點沒有意見。胡亂安排在太多人經過的地點，有人來看病時反而還得注意不要傳染給別人。

「我在官府那間藥房就想過，他們這房舍看起來好奇特啊。」

庸醫充滿好奇心地看著廂房。的確，這跟茘國一般所說的廂房在形狀上大有差別。西都自然有著西都的建築樣式，但這間廂房真要說的話——

「比較像是所謂的禮拜堂？」

天祐摸摸磚砌的房舍，如此說了。

「禮拜堂？那是什麼東西？」

庸醫大概沒什麼機會聽到這個名稱吧。在茘國很少用到這個名詞，庸醫一副就是涉世未深的樣子，沒聽過也不奇怪。

「就跟廟宇差不多。」

貓貓告訴他。

「喔，就是拜拜的地方吧。」

「因為西都各種宗教紛繁複雜嘛。」

進入廂房一看，裡面是挑高的大廳。沒有任何像是宗教偶像的物品，唯有柱上裝飾留有少許信仰的痕跡。

也許過去住在這裡的人信仰虔誠。後來這裡成了玉袁的別第，禮拜堂雖然沒被拆毀，卻似乎失去了原本的用途。

「大小剛剛好呢。哦！其他行李也都好好地送到了。嗯——東西這麼多，要全部整理歸位可辛苦了。索性就繼續擺在箱子裡怎麼樣？」

「說得對。別管這些了，快來猜拳吧！誰可以去探險？」

換作是剛才的貓貓，大概已經附和天祐的意見了。但是仔細想想，就算是貓貓贏了，剩下這兩人能好好做事嗎？天祐贏了會讓她莫名地不甘心，庸醫贏了又反而讓人不安。

結果，貓貓採取了最無趣的作法。她捲起衣袖，用手巾包住嘴巴。

「好了，探險晚點再說！先把行李整理好！」

「咦？妳剛才不是還對探險很感興趣嗎？」

「小姑娘，這趟旅途讓大家都累了，慢慢來不妨事啦。」

「我不准！」

貓貓駁回兩人的意見。

在漫長的乘船之旅當中，帶來的藥說不定已經腐壞了。必須將能用的與不能用的藥分開，不夠的再做補充。

「總之不把現在這些行李全部整理好，就別想外出。」

「什麼——！」

庸醫垂著八字眉，噘起嘴巴。

天祐雖也一副嫌麻煩的表情，但終究還是不情不願地開始做事。

「小姑娘，我該做什麼？」

看起來很閒的大型犬李白過來露臉。一副就是如果沒事做就要躺在地上開始練腹肌的態度。既然如此就請他幹點力氣活吧。

「可以請您把放在門口的箱子搬到這兒來嗎？」

「好……咦，這個很重耶？」

連李白都搬不太動。

「大概就是因為重才會隨便亂擺吧……咦，那箱子好像不太對？」

貓貓站到箱子前面。打開蓋子一看，裡頭是大量的稻穀與甘藷。

「這不是我們的行李。」

這個的確是太重了。縱然是李白也不可能一個人搬動。

「怎麼辦？要去借轆車來搬嗎？」

「不，或許該請哪個管事的來取？」

該跟誰講才好呢？貓貓偏頭思考。這時，庭園那邊有人邊揮手邊靠近過來。

「喂——我們那裡的行李有沒有一些被拿到這兒來了——？」

一個外表沒什麼明顯特徵的男子過來了。硬要形容的話就是個平凡男子，相貌五官還算得上端正，年齡差不多二十三、四歲吧。

（……好像在哪見過此人？）

貓貓偏頭思考。

走過來的那人見著貓貓，也露出驚訝的神情。

「妳、妳是！」

男子反應誇張地指著貓貓。

「搞不清楚到底是不是羅半他妹妹的那傢伙！」

「我不是他妹妹。」

就是覺得這段對話以前在哪裡也講過。

（到底是誰來著？）

貓貓的視線落在整箱的甘藷上。一看到這些東西，羅半的名字就浮現心頭。

「……您好像是羅半他哥？」

她記不太清楚長相了，但應該就是他沒錯。

「分明是羅半比我晚出生！怎麼會是我變成他的附屬啊！」

聽這犀利痛快的回嘴方式，確實是見過一次面的羅半他哥。貓貓勉強只記得他就是個平凡人，而且吐起槽來犀利精準。

長相完全忘得個一乾二淨。

「沒辦法，又不知道您叫什麼名字。」

「我叫——」

「不用告訴我沒關係。」

她最近才好不容易記住庸醫的名字。其他還有很多人等著她記住。

「聽我說啊！聽一下我的名字啦！」

貓貓不想聽。

「先別說這個了，您怎麼會在這裡？」

他本來應該待在京師種甘藷才對。

被貓貓一問，羅半他哥露出難以言喻的表情。李白可能是判斷此人不像有惡意，採取靜觀態度。

「我是被帶來的，要我代替阿爹在西都講授這玩意兒的種植方法……」
羅半他哥講得話中有話。「這玩意兒」指的是甘藷。
「所以您是上了羅半的當才被帶來的？」
「才、才不是！」
真好懂。羅半也還是一樣，惡棍一個。
「羅半的親生父親怎麼了？」
以務農為興趣的羅半他爹……那個叫羅什麼的仁兄現在怎麼了？看那人的氣質，還以為他為了莊稼之事是赴湯蹈火在所不辭。
「……在北地栽培甘藷的實驗穿幫了，所以他現在不能離開那塊田地。」
「實驗？」
「由於甘藷的收穫量比米多上數倍，他想在人多地廣的子北州栽培。」
「是。」
壬氏已經在糧食對策上想了很多方法。記得羅半之前也在嘗試推銷甘藷。
「可是，甘藷是來自南方的作物，在北方長得不好。老實講，我認為種不起來。但阿爹說『北方界限在哪兒值得一查』，沒通報一聲就自己動手了。」
「呃，那也不該挑在這時候做吧……」

就連貓貓也明白這種思維有多危險。在這即將鬧糧荒的狀況下，拿土地與人力滿足這種好奇心並不可取。

（看他那副溫厚的樣子……）

那人氣質跟羅門很像，但似乎屬於一埋頭於興趣就會看不見其他事物的性情。

「我怕整片田地全拿來種甘藷不夠穩妥，所以把這個也……妳看。」

他從那箱甘藷旁邊的另一個箱子拿出某個東西扔給貓貓。

「薯芋？呃……是馬鈴薯嗎？」

就是一種圓滾滾胖嘟嘟的薯類。這似乎也是一種比較新穎的食材，聽說老鴇年輕時市面上還沒有這玩意。

「沒錯。這種薯類的話，即使在寒冷貧瘠的土地也種得起來，所以我讓他把馬鈴薯也帶上了。羅半只知道阿爹和藹可親的一面，所以沒想太多，但他不知道阿爹其實也是瘋瘋癲癲的。」

看來叫做羅什麼的羅半他爹終究也是羅字族人。貓貓差點也被他那溫厚的外表給騙了。

「馬鈴薯的話一年能採收兩回，所以阿爹現在應該正在邊叫苦邊忙著下種吧。我猜他為了糊弄甘藷的收穫量，這會兒應該正在焦頭爛額地增加馬鈴薯的種植數量。」

「您對薯類真是知之甚詳。」

本來以為羅半他哥就是個除了吐槽之外一無是處的凡夫俗子，想不到這麼可靠。

「真是厲害，可以說是個內行農民了。」

「農、農民？」

貓貓是覺得李白應該連一半也沒聽懂，卻看他猛拍羅半他哥的背。羅半他哥似乎想反駁些什麼，卻被口水嗆到沒法回嘴。

至於庸醫看到羅半他哥說話口氣動輒變得粗魯，似乎開始怕生起來而不肯靠近。天祐更是好像絲毫不感興趣，似乎是嫌這男的太普通了沒意思。

「……也就是說這些薯類不是糧食，而是帶來當種薯的了？」

「對，叫我來指點種植的方法。還說什麼『哥哥你難道想一輩子困在同一塊土地上嗎』！搞了半天還不就是種田！」

看來這個平凡人雖然平凡，但對外頭的世界還是抱持著憧憬，就這麼被騙來了。但看他跑到這裡來找裝種薯的箱子，完全就是個恰如其分的農民。看他這樣應該會一邊抱怨，一邊生產美味可口的作物吧。

（勸農教稼啊……）

也就是說，羅半他哥應該會前去農村聚落了。

「您要前往農村時，請帶我一起去。」

「這又是為什麼？」

「我有事情想調查。」

真是天助我也。若不是羅半他哥出現，就得拜託陸孫或其他人了。

（陸孫的那副模樣……）

衣服被泥巴弄髒，想必是因為去農村做了視察。一個被人特地從京城拔擢來到西都的男子，有什麼事情需要去到農村？

（是去確認繳稅有無舞弊，或者是檢查農作物的收成量？）

抑或是——

（察覺到蝗災的發生了？）

京城西方發生了蝗災。

既然如此，當然可能會有更多飛蝗自西方飛來。蝗災的因應之道，就是趁飛蝗數量還少時早期處理。

（但我對昆蟲沒那麼大的興趣……）

無意間，貓貓想起了一個以前常常聊天的愛蟲姑娘。

「今日也請要你多費心了，醫官閣下。」

壬氏在別第最豪華的客房裡，笑臉迎人。用上大量羊毛的鬆軟地毯緞紋精緻。帷幔用的似乎是絲綢，隨風閃動著清涼的光澤。

每次貓貓看見壬氏的居室，總會好奇各類器物用的是什麼材料與工法，在市面上又值多少錢。

（好像很好吃。）

桌上放著一大盤水果。大顆葡萄已經冰透了，結著露珠。一咬破那飽滿的果實，嘴裡一定滿是甘甜的果汁。

（不曉得會不會讓我試毒？）

很遺憾的，貓貓目前的差事不是試毒。現在有桃美擔任壬氏的貼身侍女來負責這些事情。聒噪的雀今天似乎沒來。另外，馬良也不見人影，不過輕輕搖曳著的帷幔後頭很可疑。

水蓮與高順站在牆邊。

庸醫在壬氏面前還是一樣緊張。

「豪地！那、那麼小仁這就欸您看診。」

講話照常咬舌頭的庸醫，還是一樣進行徒具形式的診察。

天祐不在這裡。上頭是說他冒犯過高官，不能隨同醫官出診。

天祐那人直覺莫名地準，很可能會對庸醫與貓貓的出診起疑心，但目前還沒說過什麼。

是心照不宣保持沉默，還是壬氏那邊安排了某些能讓他接受的藉口？這方面貓貓決定不去深思。

（哎，何必管他那麼多。）

貓貓有她該做的事，現在就先別去想壬氏為什麼會待在別第吧。不用跟怪人軍師待在同一棟宅子就該偷笑了。

「那麼，小姑娘，我先回去嘍。」

「是。」

庸醫毫無疑心地回去了。侍衛李白跟他一起回去。

壬氏稍稍解除了閃亮耀眼的氛圍。

「為我上茶。」

「是。」

桃美去準備茶水。

「來，坐吧。」

水蓮體貼地拿了把椅子過來，貓貓乖乖坐下。她沒厚臉皮到敢去碰葡萄，只能祈求水蓮聽見她的心聲，包一點給她帶回去。

「新的職場還適應嗎？」

「人員沒換，所以僅須適應環境就好。」

貓貓誠實地回答。此外，她也想看看西都有著哪些藥品。她檢查過乘船旅途中用掉的藥，發現退燒藥減少得比止暈藥更多。

由於船走的是南方航線，天氣熱得跟盛夏一樣。船內沒辦法好好通風換氣，害得很多人熱暈了頭。出現中暑症狀時喝水比吃藥有用。但貓貓不在時庸醫很可能將他們誤診為感冒而開了退燒藥，才會造成這種狀況。

此外，由於庸醫開的退燒藥太苦，再怎麼不願意也得大量喝水，結果似乎對中暑發揮了良效。

（他那人運氣總是好得不像話。）

讓貓貓不禁大感佩服。此外，她也聽說上頭會在西都把不夠的藥買齊。

（真可惜不能跟去一塊兒買。）

她很想親眼瞧瞧，西都市面都賣些什麼藥。

然而，貓貓有其他事情得做。

她一邊偷瞧四周，一邊看看壬氏的側腹。她不知該如何開口才好，總之先找個不相干的話題講。

「羅半似乎用他的門路，找了位薯農過來呢。」

照羅半的作風，只要在戌西州栽培薯類成功，一定打算直接出口至砂歐。戌西州鄰近砂歐。運腳開銷自然是越低廉越好。

「薯農？我怎麼聽說是貓貓的堂兄？」

「小女子與他毫無瓜葛。」

貓貓講得斬釘截鐵以免造成誤會。

「我聽說他是羅半的親哥哥，難道不是嗎？」

「因為小女子跟羅半毫無瓜葛。」

壬氏雖露出複雜的表情，但姑且沒再多問。

「是來了這麼個人物。本以為來的會是更有羅家特質的人，沒想到……該怎麼說呢？」

「總管已經見過他了？」

「只看過一眼。那時看到羅半帶他過來，把他送上船。」

換言之就是正在受騙上當的時候。

「就是個很平凡的人對吧。」

「是很平凡。」

看來壬氏對羅半他哥的評價也跟貓貓一樣。

不過，既然壬氏已經知道有羅半他哥這麼個人在，事情就好談了。

「小女子希望能與那人一同前往農村，能否請總管准許？」
「農村啊。妳願意去，我自然是求之不得，但醫佐的差事怎麼辦？」
壬氏隨手輕拍幾下自己的側腹。
（那是你自找的吧。）
更何況，他都已經知道繃帶該怎麼換了，用不著貓貓頻繁地跑來看。
「人員做過調動，來了個名喚天祐的人，我想應該應付得來。」
壬氏的燙傷疤痕就先擺一邊。天祐雖然人品不好，但辦事能力還算可以信賴。
「唔……好吧。」
壬氏講話的語氣像是勉強把怨言往肚子裡吞。
「農村那邊，關於蝗災還有各種問題得處理，我本來就有意於近日內派人前往。這樣或許剛好。」
「是什麼樣的問題呢？」
貓貓偏了偏頭。壬氏往身上攬的問題實在太多，她連是哪個問題都不知道。
壬氏看一眼高順。高順在桌上攤開戌西州的地圖。地圖上用毛筆圈起了幾處。
「這是？」
「農村聚落的位置。」

「……從幅員遼闊的戌西州來想，實在是少了點呢。」

「雖然有些小塊農地零散分布，但說是要達到某種程度的規模還是有困難。西都以外的地域人口不算太多，又有貿易的豐厚收入，因此糧食很多是靠進口供應。」

當地許多地方土地貧瘠，水源也有限。貓貓能去的，大概也就是距離最近的農村了。

（陸孫要去的話，應該也是同個村子吧？）

陸孫那時也顯得忙碌不堪。假若不是因為閒來無事才視察農村，應該會選擇距離最近的村子才是。

「然後——」

高順悄悄把毛筆拿給壬氏。壬氏畫出一個大圈。

「這是放牧地。」

「……放牧地。」

放牧，也就是放養家畜。西都的話放牧的就不是牛，而是山羊或綿羊吧。

「有的地方是農民進行放牧，也有些地方是逐水草而居的遊牧民四處遷徙。」

「確實如此。」

壬氏好像不是在解釋給貓貓聽，而是用口說的方式在腦中做整理。

「妳還記得上回，我布告百姓驅除飛蝗嗎？」

「記得。總管下令禁止驅除害鳥、推廣食蟲，並且教授農村聚落如何製作殺蟲藥。」

貓貓也在製作殺蟲藥這件事上幫過忙。她盡量選用能在當地採集的材料，調配了多種方劑，並寫下配方。

「正是。這些措施不僅僅限於茘國之中，也在戌西州施行……但是——」

壬氏講得不乾不脆。

貓貓也似乎能猜到壬氏的失算之處。

「以農民來說，就算願意用殺蟲藥殺蟲，也只會在自家的田裡灑吧。」

「是了。」

而戌西州田地狹小，相較之下卻有著廣大的草原。農民不可能去替草原驅除蟲害。再補充一點，就是遊牧民很可能根本沒接收到這項指示。

（就算接收到了……）

他們也不可能把農藥灑在家畜有可能會吃的草地上，但又不可能一隻一隻地驅除飛蝗。

「……」

沒驅除乾淨的飛蝗，到了下一代會暴增數倍。

然而，貓貓偏了偏頭。

「小女子斗膽一問，記得去年茘國曾發生輕微蝗災，請問範圍是否包含了西都周遭地帶？」

「奇怪的是，戌西州並未上報蝗災的消息。」

壬氏也露出狐疑的神情。

「西都周遭地帶以貿易為主，較少從事農耕，農作物災情是應該比較少——」

「但總還是該有些災情。」

她想起去年秋天的事情。當時壬氏像是故意欺負人似的送來大量飛蝗，她測量了好幾百隻。當時羅半略微透露過，飛蝗有可能是乘著季風自北亞連而來。

而國內離北亞連最近的地域，就是這戌西州。

（難道就這麼湊巧，飛蝗沒來這兒？）

抑或是——

（蓄意隱瞞？）

貓貓偷看壬氏的臉色。壬氏的神情顯得不慌不忙，十分平靜。看起來像是在重新確認早已知悉的情報。

她想看看壬氏以外的人又是什麼表情，但水蓮、桃美或高順都不會把心思寫在臉上。

（假若這真的是戌西州在隱瞞歉收的情事……）

貓貓差點沒在心裡暗自呻吟。

（玉葉后的哥哥啊……）

那個名喚玉鶯的男子，目前代父治理西都。他似乎與玉葉后有些宿怨，但貓貓以往認為跟她一介藥師無關，不曾去關心。

陸孫去農村弄髒了衣服，莫非也與這事有關？

不知怎地，貓貓開始覺得渾身發癢。愈想腦袋愈混亂，但不把事情解決，心裡又不痛快。既然如此，最好的方法就是立刻行動。

「或許有些急躁，但能否讓小女子明日就動身前往農村聚落？」

「著實是急躁過頭了。雖說我也想讓妳盡快動身……」

壬氏面有難色。就在這時，高順採取了下一步動作。

「月君。」

「怎麼了，高順？」

「如果小貓要動身，微臣建議再讓她等候數日。」

「需要做些準備嗎？」

「不，只是再過數日，馬閃就會抵達此地了。」

感覺好像很久沒聽到這名字了。這讓貓貓想起，之前聽說只有馬閃是走陸路來到西都。

「小貓的護衛一職，就讓微臣那犬子來擔任吧。」

「好吧。在那之前我這邊會做些準備。」

事情似乎就這麼講定了。

貓貓呼一口氣，準備回庸醫他們等候著的藥房——

「等等。」

「總管有何吩咐？」

「我**腹部**有些不適，想讓妳替我看看。」

壬氏咧嘴而笑。

（想也知道會變成這樣。）

「我在內室等妳。」

可能是事前已經講過一聲，水蓮與桃美等人似乎都無意跟去。

「……遵命。」

（馬閃，你快點給我來啊。）

貓貓一面覺得有點嫌麻煩，一面取出重新調製好的藥膏。

四話　馬閃青春記　前篇

呱，呱，一陣陣叫聲傳來。

馬閃看著眼前的白鳥。黃色的喙，一雙大眼睛，輕柔的羽毛。

「就此別過了，舒鳧。」

馬閃這數個月來，接受了月君的幾項密令。其中一項，正是與這隻白鳥——家鴨有關。

家鴨，不用說自然是家禽。容易飼養，又很能下蛋。

密令的內容，便是飼養這些家鴨。

起初，馬閃以為月君在跟他鬧著玩。馬閃好歹也是掌理皇族侍衛一職的族人出身，接到的命令卻是照顧家鴨。他甚至懷疑月君是不是不要他了。

結果非也。

「家禽的飼育，是減少社稷憂患的必要政策。我相信你足以擔當此任。」

既然月君都這麼說了，他也只能從命。那是去年年底的事了。

方針早已幫馬閃定好了。他必須做的第一件事，便是去向深諳養鴨之道的人求教。

於是從今年年初起，馬閃開始頻繁出入於某處——

——京城的西北方有個地方叫「紅梅館」，館內聚集了些想成為道士的出家人。道士聽起來彷彿指的是修行學道的僧人，但這裡的道士有些不同於其他。據說這裡有很多人是真心期望能夠修道成仙。

其中的一個階段，便是飼育家禽。馬閃起初聽到館主這麼說的時候，差點懷疑是自己聽錯了。

「但我聽說道士不是一向茹素……？」

「仙人都是長生不老。老實告訴您，只吃蔬菜是會要人命的。」

對方回答得臉不紅氣不喘。馬閃事前就聽說過這裡的館主是一位長者，現在只要撇開衣服上的羽毛等髒汙，此人的確肌膚富有彈性，背脊也挺得筆直。雖稱不上青春永駐，但就長命百歲這門學問來說或許用的方法沒錯。

換作是過去的馬閃早就回嘴了，但他自認這幾年練出了一點修養。他決定把對方視為那個奇怪藥師的同類。

而馬閃猜得沒錯，他發現紅梅館只是空有道觀之名，實際上卻是學士聚集之地。他們的所作所為全都偏離了道士的教規。不過研習的學問很有用處，所以上頭似乎也睜一隻眼閉一隻眼。

「家鴨一年會下大約一百五十顆蛋。牠們是雜食動物，什麼都吃，出生後過了半年就能下蛋。這方面跟雞差不多，但如果要養來吃飛蝗，體格較大的家鴨應該比較適合。若是從雛鳥時期就餵食同一種飼料，牠們長大後就會只吃那一種飼料，但是會導致發育不均衡所以最好別這麼做。唯一有個問題，就是家鴨不像雞那麼會孵蛋——」

馬閃心想：這些專精於某道的人為什麼一個比一個囉嗦？他想起了那個叫什麼貓貓的藥師以及一個叫羅半的文官，也都是偶爾會變得滔滔不絕。

紅梅館占地廣大，多半都是田地。道士們也全都穿著農作服而非道袍。他們一面呼出白煙，一面忙於農活。

「——話就說到這兒，不巧我還得忙著做學問，無法陪大人處理這事。」

老人一路上喋喋不休，最後用這番話收尾。

「不是，你在說什麼啊？」

「就是這樣了。因此請別來問我，去問我那些現在負責做事的弟子吧。她們就在那間小屋子裡。失陪了。」

「等、等等啊！」

老人用不像上了年紀的腳步速速走遠。

不得已，馬閃只好去那小屋瞧瞧。小屋各處都在冒出水蒸氣。

「打擾了。我想請問關於家鴨的事——」

馬閃打開關不緊的屋門。一大團暖熱的空氣迎面撲來。

「……是。師父已和我說了。」

只聽見一種柔心弱骨的嗓音。他在濛濛白霧深處，看見一個嬌小的身影。

「您、您是……！」

那裡有一位身穿樸素衣裳的女子。一身衣裳半點繡花也無，就只是未經染色的原色布料。頭髮也沒插簪子或搔頭，只用髮繩綁成一束。

只是，她那想必未施脂粉的容顏，卻比以前見到時更為紅潤。

「里、里樹娘娘？」

「……我、我已經不是娘娘了。馬、馬侍衛。」

在他眼前的正是那命薄如花的妃嬪。是二度作為皇帝姬妾，進入後宮的卯字一族千金。

「您怎麼會在這裡？」

話才說出口，馬閃就開始後悔，怪自己怎麼不能說些更動聽的話。活該每次都挨姊姊麻美罵。

里樹原為上級嬪妃，但後來被逐出後宮。雖然是被一個叫白娘娘的女人引發的事件所牽累，但畢竟是在宮廷裡鬧了事，里樹被逼得不得不出家。
她去了哪裡，如今又過得如何？
皇上甚至連這些都不讓馬閃知道，只是告訴他如果想見里樹，只管竭力建功立業便是。
馬閃不知該如何是好，只能向附近寺院捐獻幾次金銀，藉此壓抑感情。只因皇上連里樹寄身於哪間寺院都不願告訴他。
這場意想不到的重逢，讓馬閃頓時變得六神無主。
「是、是這樣的，我是被逐出後宮之身，既不能回娘家，也不能回到以前那間寺院。感念皇上恩德，安排我寄身於這紅梅館。」
「不，可是怎麼偏偏是……」
里樹的衣服沾上了點點汙漬。不光是汙泥，有的看著像是家禽的糞便。
更大的問題是這小屋裡只有馬閃與里樹二人。他怕跟一位正值青春年華的女子共處一室有所不妥。
「您沒有貼身婢女嗎？之前那個侍女呢？」
里樹的巨大轉變讓馬閃驚慌失措。不但朝思暮想的里樹現在就在眼前，她整個人變了這麼多更讓馬閃心慌意亂。
「……您是說河南嗎？我將她遣走了。因為她還有她的大好日子可以過。我已經請皇上

為她找個好夫婿了。」

里樹長長的睫毛低垂，面露微笑。馬閃用力握緊拳頭。

「那、那麼現在就剩您一個人……」

「請侍衛放心。還有個老嬤子陪著我。」

「就一個？」

「是。因為我不再需要穿戴那些沉重的衣裳與簪子了。」

里樹這話聽起來像是自輕自賤，同時卻又帶著暢快的表情。

不懂女人心的馬閃不知該作何反應。里樹還是一樣地嫻雅文靜，一樣地可愛。而且身處如此不幸的際遇，卻依然努力幹活。她春蔥般的指尖都被泥巴弄髒了。

「里樹娘娘，這種地方配不上您。我立刻去設法給您換個差事！」

馬閃是真心誠意想為她盡點力量。然而，里樹搖搖頭。

「請、請您不用費心。我很感謝您的一片心意。但、但我覺得目前這樣也……」

「這樣也……？」

馬閃正追問時，一陣奇怪的呱呱叫聲傳來。轉頭一看，數十隻家鴨出現在眼前。

「什……？」

家鴨們把馬閃團團包圍，歪著腦袋瓜。總覺得牠們看馬閃的視線像是在品頭論足，不曉得是不是他多心了。

家鴨們湊到里樹身邊。里樹用指尖撫摸家鴨們的羽毛。

「起、起初我以為我沒那能力照料家鴨……可是，就像這樣，我讓鴨蛋孵化後，這幾個孩子就把我當成了娘親，跟著我到處跑。雖、雖然師父告訴過我，這是牠們的習性……」

聽到家鴨、孵化與師父，馬閃這才終於知道老人說的弟子就是里樹。

「里樹娘娘，那麼您就是……？」

「是。師父要我教您如何孵化鴨蛋。」

里樹可能是在家鴨的簇擁下心情平靜了些，講話方式變得不再支支吾吾。

「請問……馬侍衛？」

「有、有何吩咐？」

馬閃不由得擺出向長官行禮的姿勢。

里樹一面頻頻偷瞧馬閃，一面捏緊了裙裳。

「現、現在問這個或許太遲了，但不知您後來傷勢恢復得如何？」

馬閃把那事完全給忘了。里樹最後記得的馬閃，應該是那個受了傷、狼狽萬狀的模樣。

「臣受傷受習慣了，請不用擔心。」

里樹不過是合乎常理地表示關心，卻讓馬閃心裡莫名地高興，同時也覺得難為情。他發現自己在里樹面前總是一副狼狽不堪的模樣。

「您為了我……受那麼重的傷。我卻連聲謝謝都沒說……」

「里樹娘娘……」

馬閃有種飄飄然的感覺，又好像心裡癢癢的，讓他困窘不已。他暗忖「不成不成」搖搖頭，想起自己的職務。

「那麼，請里樹娘娘賜教。」

「……是……」

里樹回答得像是有些遺憾。

傳說過去發生蝗災之際，是家鴨吃盡了所有飛蝗。傳說終究只是傳說，不宜當真，但同時傳說也不會全是憑空杜撰。

事實上，家鴨的確會吃蟲子。這種葷素不拘的鳥兒平時可餵食人的殘羹剩飯，蝗災來臨時則讓牠們吃飛蝗。另外，也有少數家鴨會自己去捉蟲來吃。

而對農民而言，家禽增加也只有好處沒有壞處。

因此月君決定分送家鴨給農村，但這件事上有個問題。

分送的家鴨從哪兒來？家鴨是生物，不是說想增加就能愈變愈多的——本來還曾經擔憂過這點。

「就像這樣，蛋總是要放在比人的體溫更溫暖一些的地方。而且不能只熱一面，每隔一段時辰就要翻過來。」

里樹細心地把整齊擺著的蛋翻過來。蛋的底下鋪著稻稈，而更底下又鋪了類似腐葉土的柔軟泥土。

「師父說過太熱太冷都會讓蛋孵不出來，要我自己感受、學習。」

「自己……感受嗎？」

「是、是的。另外還需要溼氣。」

「您說溼氣嗎？」

小屋裡的空氣，就像夏日氣候一般溼熱。外頭冷到呼出的氣息都發白，小屋裡卻滿是水蒸氣，弄得視野一片氤氳霧靆。

「就在附近有處溫泉，所以，就、就用引水加熱的方式。」

里樹掀起了鋪在小屋裡的竹席。地板上挖了水道，讓水……不，是讓熱水流過。

「天冷的時候，就用爐灶生火。這需要隨時有人看著，所以我們有三個人輪班。」

一個人的確不可能包辦這麼多事。即使是輪班制，對於里樹這樣一個深閨千金來說，負擔不會太重了嗎？

「這樣您受得了嗎，里樹娘娘？」

「什、什麼事受得了？」

「像您這樣的貴人本來應該待在更好的地方，也大可以讓侍女伺候著才是。縱然現在成了道姑，您依然還是卯字一族的千金。」

曾聽聞皇上疼愛里樹，視如己出。里樹只是被那名喚白娘娘的姑娘引發的事件波及，應該要算是無故遭殃。馬閃認為請皇上改善她的處境並不為過。

「馬侍衛……您在為我擔心嗎？」

「我、我並不是在擔心娘娘！只是覺得，這是您應得的權利……」

「說、說得也是，馬侍衛怎麼可能來擔心我這種人……」

「不，我不是這個意思！」

馬閃咒罵自己的笨嘴笨舌。換作是月君的話一定更懂得如何與女子相處，這讓他懊惱不已。

馬閃開始覺得自己很不中用，轉向小屋的牆壁低垂著臉。

「馬侍衛，您、您沒事吧？」

里樹擔憂地靠過來看馬閃。這樣不對，應該是馬閃來為她擔憂才對。

「里樹娘娘……您已經吃過太多苦了。就算活得更隨心所欲一些，也沒人能怪您的。」

馬閃心想：我到底在胡說些什麼？活得隨心所欲？這是哪門子的話？馬閃這輩子的使命就是保護皇族，保護月君。其中不摻雜任何個人喜好。自己面對里樹，卻自以為是地說什麼「活得隨心所欲」。講得既膚淺又毫不實際。

「馬侍衛……」

里樹的聲音有些梗塞。

也許是無言以對了。都怪馬閃想到什麼就說什麼，用這種淺薄的話語對她說教。馬閃心想，還是快快向她請教作法，然後就走人吧。

「我、我還不知道自己喜歡什麼。以往我從沒想過自己喜歡什麼，甚至從未替自己的人生做過決定。」

「那麼，您可以從現在開始……」

「是。所以這件工作，我想再做一陣子看看。」

里樹蹲下去替家鴨的蛋翻面。

衣服是髒的，頭髮只經過簡單梳理，臉上也沒化妝。

然而里樹的臉上，卻浮現著馬閃以前從未看到過的淺淺笑意。

五話　馬閃青春記　後篇

曾經以為她是個花一般的弱女子。一碰就會凋零、消逝。

馬閃騎馬前行，看看路旁。那裡綻放著藍色的小花。

本以為花朵只能供人賞玩，原來花朵不需要人來賞玩也能堅強綻放。

馬閃一面呼出白煙，一面前往農村。身旁有馬車並行，運送一整籠的家鴨。家鴨的蛋孵化後，養到某個程度的大小，就要送往農村。馬閃已經不知重複了這個過程多少次。

「何必非得要馬侍衛去分送什麼家鴨……」

部下們也曾經這樣替馬閃抱不平。月君也說過，有時或許會覺得整件事情都在白費力氣。這些馬閃都知道，他是心甘情願做這些事。

「上頭叫我做什麼我就做。你們若是不服，我派你們去辨別的差如何？」

「不、不敢。」

只要把話講明，部下們就不敢再多說什麼了。只會露出一副欲言又止的表情。

不過，馬閃再遲鈍也能想像別人在背後是怎麼說他的。不外乎就是馬字一族的二少爺、旁系一步登天，或是宦官之子等。父親高順是旁系出身。而且為了侍奉月君，不惜捨棄馬家之名當了將近七年的假宦官。

馬閃也不甘心讓父親被人侮辱。但是馬閃現在懲罰那些人，又能怎麼樣？頂多只會說他是因為出身於馬字一族才能成為皇族近臣，還仗著權力作威作福。

馬閃已經因為感情用事而失敗過多次。以前有個比他年長的武官跟他待在同個官署。武官說自己受到的待遇不公，指稱長官偏袒馬字一族出身的馬閃。馬閃一時也氣不過，便與對方進行了一場幾近決鬥的比試。

結果，馬閃打斷了對方的右臂與三根肋骨。肋骨沒刺進肺臟，右臂骨頭也斷得漂亮因此並未留下後遺症，但對方就此辭去武官一職。不知是輸給年紀比自己輕、尚在成長發育的馬閃太不甘心，還是從來沒有苦練到骨折的地步。

換成月君的話，縱然只是練武也不會輕忽懈怠，用一把劍就能巧妙化解馬閃的招式。換成高順的話會說他劍法太天真，毫不留情地打擊他露出破綻之處。馬閃年幼時更是常常在劍術上不敵姊姊。

馬閃只是力氣大，認為自己的劍術並不算了得，那個自恃勇力的武官卻沒打幾下就倒地了。

以往馬閃只知道對待女性必須懂得控制力道，直到那時他才知道對待男人也一樣。才明白男人一樣會被他所傷。於是他深記在心，告訴自己不管人家說什麼，都不可輕易動粗。

「不能隨意傷人……這些人都不禁打。」

馬閃一面念念有詞，一面從馬車卸下家鴨拿給農民。拿的時候特別小心，以免不慎掐死了家鴨。

「給你們的家鴨都是雌雄一對。我們會高價收購鴨蛋，你們可以試著增加數量。只是，千萬不可以一轉身就動歪腦筋殺來吃，明白嗎？」

馬閃特別叮囑一聲。所幸有些農民原本已經在飼養家鴨，不須一一指導細節。馬閃告訴他們家鴨會吃蟲子所以可拿害蟲餵牠們，飼料不夠的時候再給剩飯或菜渣，除此之外也會吃雜草。

不管如何再三叮嚀，還是無法保證所有人都會聽話。想必也有人就把馬閃當成了送上門的鴨子。

馬閃走遍各個農村，以為家鴨都已分送出去了——

「嘩哇！」

沒想到還剩一隻家鴨雛鳥。

「怎麼又是你啊，舒鳧？」

馬閃一臉傻眼地看著雛鴨。這隻家鴨雛鳥的喙上有個黑點。牠不知是搞錯了什麼，把馬閃認成了爹。好像是馬閃與里樹重逢的那天孵化，碰巧看見了馬閃的臉。

馬閃每回去紅梅館時，牠都會跟過來。因此，他就替單單這一隻取了名字叫舒鳧。意思也很直截，就是家鴨的別名。

「舒鳧，你明白吧？你也肩負前往農村，對可恨害蟲施以制裁的使命。所以你不能老是跟著我。目前你必須不斷把自己養壯，以備有朝一日出兵征戰。多吃些雜穀、雜草與蟲子，快快長大吧。」

「嗶！」

雛鳥張開翅膀鳴叫。看起來像是有在聽馬閃說話，但家鴨終究是家鴨。大概再過一陣子就會把馬閃的長相給忘了。

——本來是這麼以為的。

把雛鴨運至農村，再養下一批雛鴨。這個過程已經重複了無數次，但舒鳧總是跟著他一起去，也從來沒留在農村過。牠跟著馬閃一起去，又一起回來。馬閃好幾次想把牠留在農村，牠卻每次都亂咬農民，坐到馬匹頭上，張開翅膀要跟馬閃一起回去。牠一次又一次地抗命，還有武官被牠咬過。不知不覺間甚至開始有武官稱呼牠一隻家鴨為「舒鳧卿」。

舒鳧的羽毛早已由黃轉白。唯獨喙上的黑點沒變。看到陌生人就像狂犬一樣亂咬，到了馬閃面前又成了忠犬。
這天馬閃又把舒鳧放在肩膀上，離開了農村。他得順道去一趟紅梅館，把舒鳧留在那裡才行。
「……對了。」
馬閃望向西方。太陽將要下山，只見紅霞滿天。
月君前往西都的日子已經確定了，下次將會是馬閃最後一次去紅梅館。屆時他會率領著一群家鴨，沿路分送給每個農村，就這樣前往西都。
聽說這次的西都遠行將耗上不少時日。短則數月，長則半年以上。
「半年啊。」
馬閃一面嘆氣一面進入紅梅館大門，下了馬。每當來到紅梅館，心裡總是莫名發慌。廣大田園與家畜放養的模樣分明如詩如畫，心臟卻沒來由地亂跳。
馬閃把馬車交給部下們去打理，自己前往家鴨小屋。步履不可思議地逐漸加快。
里樹並不是每次都在，但他總忍不住要尋覓她的身影。每次看見她那嬌小柔弱，雙腳卻穩穩踏在地上的身姿，就讓他既感到安心卻又放心不下，陷入一種不可思議的心境。
而在這天，她——
「馬、馬侍衛？」

馬閃的心臟重重地跳了一下。身穿原色衣裳的女子——里樹正在搬籠子。

坐在馬閃肩膀上的舒鳧輕盈地跳下去，走向家鴨小屋。

「里樹娘娘。臣來是想向您報告今天的事。」

馬閃按住胸口，命令自己狂跳的心臟鎮定下來。他取出地圖，把今天去過的村子圈起來。這下周遭的農村聚落就全都去過了。

家鴨的孵化不只紅梅館，其他地方也在進行。馬閃也已經安排其他人發送家鴨，自己離開了也無妨。

「看起來已經沒有地方需要分送了，下一步會怎麼做呢？」

里樹看了一眼馬閃。

「回娘娘，下次臣將會帶著養大的所有家鴨前往西方。因此，下次將是臣最後一次過來。」

「……咦？」

里樹眨眨眼睛。

「護衛月君才是臣的本分。由於月君準備前往西都，因此臣也得同行。」

「月君他，又要前去西都了？」

月君將前往西都是公開的事，不過已是出家之身的里樹不知情也是理所當然。

里樹想起去年仍為嬪妃的自己，也是在這個時期去了西都。

「現在想起來，臣也是在西都初次見到娘娘。」

馬閃現在一回想起以往對里樹的觀感，就替自己感到丟臉。

「……那時也是馬侍衛救了我。」

在西都的宴席上，一頭獅子被帶來助興。那獅子卻襲擊了里樹。一個惹人憐愛的女子，嚇得躲在桌子底下。別人都在背後說她是不貞的惡婦。馬閃所看到的，卻只是個紅顏薄命的弱女子。

他擔心里樹今後無法堅強求活。她母親已逝，又被父親逼著成了參政的工具。而她的父親，也在里樹出家的同時遭到貶官。

不曉得她要不要緊？

自從里樹出家，馬閃一直在掛念這件事。

在紅梅館重逢後，這份心意變得更是急切。

「……嗎？」

馬閃被自己脫口而出的話嚇了一跳。

「咦？」

「您願意……和臣一起離開紅梅館嗎？」

我到底在說什麼？話是馬閃自己說的，腦子卻亂成一團。他漲紅著臉，別開眼睛不敢看里樹。

里樹也低著頭，臉頰泛紅。

也許自己不該亂說話。真希望時刻能倒轉回去一點。馬閃呼吸變得急促。

「沒、沒有！沒什麼。」

「沒什麼？」

里樹看著馬閃，像在察言觀色。她臉頰上的紅霞迅速消退。

「那、那麼臣告退。臣還有其他地方得去報告！」

馬閃沒看里樹的臉，就這樣打道回府了。

馬閃一回府，除了躲進自己的房間裡垂頭喪氣之外別無他法。

「我到底在做什麼啊……」

馬閃趴在桌上抱著頭，時不時地亂抓頭髮，發出低吼。就在這時，房門被人用力推開了。

「你這是在幹嘛？」

「姊姊！」

是馬閃的姊姊麻美。麻美已經嫁作人婦，但與馬家嫡系同住。麻美的丈夫也就是馬閃的姊夫是馬家血親，馬閃的父親與姊夫皆為皇上身邊的侍衛。假如馬閃被認為不配成為馬家家主，想必就是由姊夫來繼承家業了。

坦白講，馬閃倒還希望如此，這樣自己就能專心護衛月君了，但不能把這種想法表現出來。

目前的家主是馬閃的乾爺爺，不過實際事務幾乎全由馬閃之母桃美管理。說來複雜，馬家嫡系原先的繼承人以前遭到廢嫡，旁系的父親高順成了養子。桃美是那被廢嫡的繼承人的前未婚妻，由於早就實際參與馬家事務，於是就順理成章地與父親成婚。這也就是母親比父親大了六歲的原因。

而受到桃美親自薰陶的姊姊，今後想必會承襲桃美在馬家的地位。

馬字一族是皇族侍衛，因此早已作好男子無論何時亡故都有人接替的準備。馬閃若是殉職，自會有人接替他的位子。

馬閃原是月君的侍衛，很少回到主宅。但最近他身負另一任務，變得較常與麻美見面，這弄得他有些尷尬。

「有何貴幹？」

「姊姊好心來探望你這做弟弟的，你這什麼態度？」

看來麻美與馬閃在「好心」二字的理解上有著相當大的差異。
「話又說回來，你身上怎麼好像有股臭味？」
麻美裝模作樣地捏鼻。雖然馬閃渾身汗臭味或是什麼的已經被她講了好幾年，但最近他還真有點頭緒。
「或許是家鴨。」
整天跟家禽待在一塊兒，難免會沾上臭味。
「家鴨？噢，就是那個什麼蝗災對策吧。真的派得上用場嗎？」
「姊姊，我們這邊正在多方摸索，還請您別潑冷水。」
「哎呀，是我失禮了。」
麻美也不顯得特別歉疚，開始在馬閃的房間裡東看看西看看。
「姊姊，您若是沒事就快點出去吧。」
「哎喲，你什麼時候講話變得這麼沒大沒小了？」
可能是根本無意理會馬閃，麻美在床邊坐下。馬閃有時會在房間裡做鍛鍊，因此只放了幾件最低限度的家具。
「怎麼不多添點東西？」
「不了，只會礙事，我不喜歡。」

「哦──可是呀，會住這種房間的男人感覺就是沒桃花運。」
姊姊的言談，總是像一把鋒利的刀刃。
「……有沒有桃花運應該跟房間無關吧？」
馬閃歪扭著臉回話。
「當然有關了。再說你這個年紀也該討媳婦了，就沒有看上哪個對象嗎？」
「姊、姊姊！沒頭沒腦的說什麼啊！」
馬閃從椅子上站起來。一時激動，把椅子都撞翻了。
「目前家裡商議的結果，是打算讓你繼承家主之位，爺爺還提起要給你討個媳婦好先弄個名分。爺爺是說不知道自己什麼時候會撒手人寰，希望你早點讓他抱孫兒。」
「什、什麼孫兒，這……」
「嗯，大家都沒對你抱多大期待。所以才會強求馬良跟雀姊努力生產不是？我們是希望他們能再生至少三個，但可能有點勉強。不過，你要是吃定了家人會努力就當個光棍，傳出去有失體面。名分上還是需要個媳婦，否則就會被人家給看扁。爺爺是這麼說的。」
「您的意思我明白……」
聽得馬閃頭都痛了。
「姊姊也是希望我早日成親吧？」

「我才沒那個意思呢。」
「咦？」
那麻美究竟想說什麼？馬閃偏頭不解。
「我認為你是像我，沒辦法像父親大人、母親大人或馬良那樣甘於接受人家替自己挑的對象。所以我是在告訴你，在爺爺幫你選好媳婦之前，你要是有喜歡的姑娘就快點把話說明白。」
「什、什麼喜歡的人！」
「啊——果然被我說中了。我就知道是這樣。」
麻美咧嘴露出討厭的笑臉。
「姊、姊姊這話是，什、什麼意思？」
「好好好，不要緊，你不用再裝了，都寫在臉上啦。」
馬閃忍不住用雙手摸摸臉頰。不知是不是多心了，總覺得臉很燙。
麻美直接身子一倒躺到床上。
「我今天可不是來尋你開心的喲。」
「……」
麻美躺在床上瞇起眼睛。

「母親大人、父親大人還有馬良都沒有自己挑選對象。因為就算是策略婚姻，照他們的性情也都有辦法自己處理妥當。但我不同，我絕對不要嫁給父母或親戚挑選的對象。所以我不等人家替我挑，就自己先挑了！」

馬閃想起麻美的丈夫。姊夫比麻美大了十二歲。還記得麻美八歲時，就指名道姓地說要他做夫君。旁人聽了都在笑，但八年後，麻美就實現了自己對眾人說過的話。

每當遇見姊夫，馬閃心裡總是感到過意不去。

麻美筆直豎起了食指。

「你跟我一樣，都不是會同意策略婚姻的性子。」

「我、我沒有……」

「就算同意了也只限表面上。你不可能像母親大人或父親大人那樣排除萬難琴瑟和鳴，也沒辦法像馬良與雀姊那樣互相諒解。就算馬閃你不在乎，我這弟媳也絕對不會幸福的。」

「這……」

馬閃無法一口否定。家人為自己挑選的妻子，應該會是個好姑娘。馬閃也應該有辦法去關愛這個願意嫁給自己的女子。

只是，一個彷彿路旁花朵的倩影卻浮現腦海。

「看，你現在是不是又在思念某人了？」

「我、我才沒有！」

馬閃滿臉通紅，矢口否認。麻美笑得不懷好意。

「是不是都無所謂，但有句話我得跟你說清楚。你若是已有了心上人，一定要把你的心意告訴對方。就算會被拒絕也好得個痛快，否則照馬閃你的性情，搞不好會一輩子忘不掉吧。」

馬閃陷入沉默。他無法否認。

「就算是個除了力大如牛之外一無是處，只會橫衝直撞的傻子也還是我弟弟。該做出決定時就給我拿出魄力來。」

「妳對馬良哥哥就沒說過這些話……」

「別看馬良那樣，他也有他的決心。」

馬閃弄不懂她這話的意思。

麻美暢所欲言之後似乎就滿意了，從床上坐起來。

「好了，我要走了。」

「……」

馬閃心裡有話卻不知該怎麼開口，看著麻美走出房間的背影。

「啊，還有件事要問你。」

「姊姊請說。」

「……你看上的不是有夫之婦吧？」

馬閃別開目光，當場僵住。

「已經……不是有夫之婦了！」

「嗄？」

麻美假惺惺的追問讓馬閃一肚子火。

家鴨們呱呱叫著包圍馬閃。帶頭的是喙上有黑點的舒鳧。比起其他家鴨，只有舒鳧整整大了一圈。因為其他家鴨都陸續被派往農村，只有舒鳧留下來。

馬閃穿著一身新衣。既然都會弄髒，或許應該穿著穿慣了的衣服，但他還是換了一套新衣藉此調適心態。

舒鳧一面擺動著尾羽，一面為馬閃帶路。牠知道馬閃要去哪裡。

孵蛋小屋直冒水蒸氣。一如平常，屋子裡用溫泉與爐火取暖。這是馬閃的要求，使得家鴨的孵化數量增加了好幾倍。

看到有人從小屋走出來，馬閃渾身緊繃。當下他以為是里樹，結果不是。是一位與里樹輪流顧孵蛋小屋的道姑。道姑是個中年女子，也和馬閃見過幾次面。

「馬侍衛，這兒都準備好了。」

道姑備好了籠子。家鴨們在籠子裡叫個不停。

「聽說馬侍衛今天是最後一次過來。請您好生照顧這些孩子。」

道姑深深低頭致意。有的道士只顧做學問，也有的道士將家鴨們當成自己的孩子。這位道姑連對家禽都如此呵護有加，相信她也不會虧待里樹。

然而儘管對道姑過意不去，馬閃腦中只有失望兩個大字。

馬閃已經告訴過里樹，這次是他最後一次過來。但是，馬閃沒說自己何時會過來。而里樹也沒有義務配合馬閃的行程。

馬閃握緊拳頭。他一面對自己的笨拙感到絕望，一面把籠子擺上運貨馬車。舒鳧也許是看膩了，不知跑到哪裡去了。車夫也來幫忙，三人合力搬運鴨籠。

「真不好意思，偏偏是我輪班。」

「道、道姑此話何意？」

被道姑這麼說，馬閃慌張起來。

「呵呵，你比較想見到像里樹那樣的年輕姑娘而不是我這種老姑娘吧？雖然她嘴巴有點笨，不太聊得起來就是。」

「不、不會！」

「你講話也跟里樹滿像的呢。」

道姑笑得開懷。她笑起來不失高雅，可感覺到入觀修道之前的良好家世。

「里樹她真的總是怯生生的，我要是再年輕一點，可能已經被她惹火了呢。」

「咦？」

「就好像看到以前的我一樣，會讓我覺得自己很沒用。」

道姑摸摸籠子裡的家鴨們。

「當然我可沒有欺負她喲。會來到紅梅館的人，不是自己愛來的怪人，就是那些別有隱情且不比一般的人。我遠離紅塵已經二十幾載了，所以無從知道她的來歷，也不想知道。只是呢，希望她別再摔倒打破鴨蛋了。」

道姑把鴨籠放上馬車。

「好，這是最後一籠了。這些鴨子要到哪兒去呢？」

「去西方。」

馬閃將取道陸路前往西都，預定沿路將牠們分送出去。

「那麼，要保重喲。要多吃點蟲子，下些好蛋，盡量多活幾年喲。」

家鴨們發出叫聲，像是在回答道姑的話。牠們是家禽，派不上用場就注定被宰殺成為盤中飧。沒人能要求農民把牠們當寵物養。

馬閃開始好奇這位道姑是在何種因緣際會下進了紅梅館，但沒問出口。她必定也有她不比一般的隱情。

「呱！」

舒鳧跑過來啄馬閃的腳。

「怎麼了？你都跑哪去了？」

馬閃一呼喚，舒鳧開始咬住他的衣服直拉扯。

「牠似乎想帶你去別的地方呢。剩下的我來就好，你就過去看看如何？」

「可以麻煩妳嗎？」

馬閃也瞄了一眼車夫。車夫點了個頭。

舒鳧一面搖擺尾羽，一面用腳掌往前走。時不時還回過頭來，看看馬閃有沒有跟上。想不到家鴨這種生物還挺聰明的。

舒鳧的目的地是個小池塘。在綿延的枯黃色風景中，唯有池塘周圍看得見綠意。在那當中，有個身穿白衣的女子坐著不動。

「里樹娘娘？」

馬閃一出聲呼喚，女子便抬起頭來。手裡握著摘下的青草嫩芽。

「馬侍衛……莫非今日就是那最後的日子？」

里樹吃了一驚，弄掉了剛剛摘下的嫩芽。舒鳧過去啄食那株嫩芽。看來是家鴨愛吃的一種草。

沒想到會在這裡遇見里樹，馬閃整個驚呆了。一方面是喜出望外，一方面卻又不知該說些什麼才好。枉費他昨夜那樣百般練習。

「里樹娘娘！」

「是。」

「今、今兒天氣真好！」

「是、是了？」

里樹也顯得六神無主。天上滿是烏雲，雖沒下雨，但也算不上晴天。

看來里樹也不知道該說什麼才好。兩人之間流過片刻的沉默。舒鳧站在他們中間，看看馬閃又看看里樹。

「「請、請問！」」

很不湊巧，兩人竟同時呼喚了對方。

「里、里樹娘娘請說。」

「不，還是馬侍衛先說……」

「……」

讓來讓去沒完沒了，只有舒鳧在啄食新芽。

馬閃握起拳頭，咬緊臼齒，雙眉緊鎖，這才終於開口：

「里樹娘娘。您願意和臣一同前往西都嗎？」

特地做的新衣服，在把鴨籠搬上馬車時弄髒了。手上豈止沒有金翠首飾，連一朵花也沒有。

麻美沒追問馬閃的心上人是誰，但要是看到他這副窩囊相，晚點肯定會開罵。不過，最起碼她會稱讚馬閃採取的行動。

去向皇上與月君求情吧。皇上也很關心里樹。他可以去誠心誠意地磕頭求情。

馬閃的心臟像急槌打鼓似的砰砰直跳。呼吸變得粗重，呼出的氣息一片白。他戰戰兢兢地看看里樹看他的神情。

紅雲飛上了里樹的臉頰。她咬緊嘴唇，被草汁弄髒的手指捏緊了裙裳。

「里樹娘娘？」

「……馬侍衛。」

里樹張開抿起的嘴。水光在眼裡打轉，鼻子連續抽動。

「我、我不能去！」

「您說，您不能去？」

馬閃努力維持表情。他也很明白一定會被拒絕。忽然說出這種話的馬閃才叫奇怪。

里樹也在試著隱藏感情，但藏不住。她眼裡堆滿淚水，緊緊抿起了嘴。雙手握拳，指甲好像陷進了肉裡。

麻美叫他表達自己的心意，把事情說清楚，但這麼做也許是錯的。馬閃的行為，似乎只會讓里樹心裡受苦。

「里樹娘娘，這件事──」

就當我沒說。馬閃正要這麼說的時候……

「其、其實我也很想去！」

里樹抬起臉來，勉強沒讓眼淚掉下來。

「可、可是，我已經明白了。我是個不諳世事的傻子，去到哪兒都會被人利用。之所以把我帶來這紅梅館，想必也是顧及了我的這種性情。」

里樹說得沒錯，紅梅館裡的人淨是些脫離俗世桎梏的奇人。他們都對世人不抱多大興趣，因此不會像里樹的父親那樣企圖利用她，或是欺負她。

「這樣的我若是跟馬侍衛一起去西都，只會成為您的枷鎖。」

「里樹娘娘……」

「請馬侍衛繼續為壬……不，為了月君效命。我會變成包袱的。我如今有點明白，別人是怎麼看我的了。」

里樹抬頭看著馬閃，眼裡仍舊堆滿淚水。但是，沒有落淚。她拚命睜大雙眼，承接著淚珠不讓它滾落。

「我只要想著馬侍衛就能撐下去。馬侍衛在我墜樓時接住了我，對我說過的話，讓我有足夠的力量繼續撐下去。」

舒鳧擔憂地用頭在里樹的腳上磨蹭。里樹摸了一下舒鳧的頭，面容低垂了一瞬間，而當她抬起臉來時，眼裡已不再閃爍著淚光。

「我不想再繼續當個任人利用的工具，我想變得能夠自己思考，自己行動。」

馬閃在里樹的眼裡，看見了微弱的火光。此時只是一朵細小柔弱的火苗。但是，看得見試圖變得堅強的意志。

「河南以及老嬤子、皇上以及阿多娘娘、月君，還有馬侍衛。我想其他還有好多好多人，都曾經試著關心我。但我只想到自己的不幸，從來沒對身邊的人說過一聲謝謝。」

事實上，里樹的確是個桃花薄命的弱女子。自然沒有那多餘心力去顧及身邊的人。

「從您的立場來想，臣認為那或許是不得已──」

「請您別護著我。馬侍衛，我也是認真思考過的。因為有些事情我可以一句話不得已就算了，對馬侍衛而言卻會成為無可挽回的事，不是嗎？」

命。

「……」

馬閃一時呼吸不上來。護衛皇族有時必須搏命，沒簡單到能一邊保護里樹一邊完成使命。

「我不能去西都。不過——」

里樹再次摸了一下舒鳧。

「等我對自己更有自信了些……」

里樹往旁邊略瞥一眼。

「能請馬侍衛，再蒞臨一次紅梅館嗎？」

里樹羞紅了臉。看起來像是還有話要說，但沒再多說什麼。

馬閃的臉也紅了。他愣愣地張著嘴，竟然就這麼呆了半晌。當他弄明白里樹話裡的意思時，全身的血液頓時沸騰發燙。

「一、一定！」

馬閃不由得走上前去。他差點踩到舒鳧，急忙把腳抬起來。

「到時候，臣會變成更可靠的男人。您剛才說您會成為包袱，但臣的雙臂能輕易舉起一、兩百斤重。您若是仍不放心，臣便鍛鍊到能多舉一倍，不，是三倍。」

好讓里樹不再憂心自己成為「包袱」，好讓自己隨時能讓她依靠而不會倒下。

蕾。

池塘的水面波光粼粼。舒鳧啄食著池岸的嫩草。馬閃在一片嫩草當中，看見了小小的蓓

春天的腳步近了，但冬日寒意依舊。里樹此時，正是置身於寒冬之中。

縱然遭到踐踏、摧折與啄食，仍然堅強地為了開花而求活。

馬閃不該成為她的障礙。自己唯一該做的，就是等待。等待春天到來，讓花朵綻放的那

一天。

馬閃想去迎接那花朵，必須先做好自己該做的事。

「臣這就前往西都。臣將會保護月君，保衛社稷，也會保護您。臣一定會變成讓任何人

來依靠都不會倒下的男人，再回到您的跟前。」

里樹瞇起眼睛。

「是。敬祝您一路順風。」

馬閃彷彿嗅到了一絲輕柔的花香。明明嫩草的蓓蕾尚未綻放，四周也沒有任何花朵。

唯有里樹，臉上浮現著如春色般柔美的笑靨。

六話　農村視察　前篇

貓貓等人來到西都後過了三天，馬閃才隨後抵達。

貓貓心想好歹做個樣子前去相迎也就是了，於是走向別第的大門口——

「那是什麼？」

結果對馬閃說出的第一句話，與慰勞之言風馬牛不相及。

「問我這是什麼，我只能說牠叫舒鳧。」

「不是，還舒鳧呢。看起來就只是隻肥美的家鴨呀。」

馬閃堆滿塵埃的肩膀上，不知為何坐了一隻家鴨。純白的羽毛與黃色的喙，就是隻隨處可見的家鴨。硬要找個外表特徵，大概就只有喙上那個黑色斑點吧。

「哦哦，真是個不錯的伴手禮呢。來，小叔，把牠交給我吧。讓你嫂子給你煮頓晚飯。」

雀的手直抓空氣。

「這不是要吃的！」

馬閃阻止雀接近自己。

（這兩人好歹算是叔嫂關係呢。）

照這樣子看來，雀一定常常尋馬閃開心。

「那不然是什麼？寵物嗎？」

這家鴨還滿黏著馬閃的。牠用翅膀抓住馬閃的頭，用喙替他梳頭髮。

「我受月君之命，孵化家鴨分配給各個農村。本來舒鳧也是要放在農村的，無奈牠太黏我，不肯離開。」

「是這樣啊。」

不過看馬閃還替牠起了名字叫「舒鳧」，就知道馬閃也很疼牠。家鴨似乎也有點智慧，從馬閃肩膀下到地上之後才拉屎。看來腦袋並不笨。

「我現在要去面見月君，有人能幫我照顧舒鳧嗎？」

「我來我來——」

雀精力充沛地舉手。

「沒有其他人了嗎？」

「還能有誰呢？」

貓貓也同樣地饞涎欲滴。

（那次燕燕在羅半家裡給大家燒的家鴨，著實美味。）

自己也許會不敵口腹之慾。

（也許該讓庸醫來幫這個忙？）

不，有個更適合的人選。

「小女子去請一位認識的農民幫忙看看。」

「農民？妳在西都有農民朋友？」

「不是，是自中央派遣而來的農民。」

馬閃歪頭不解，但貓貓說的是實話，沒辦法。總之她決定把家鴨交給羅半他哥照顧。

馬閃抵達後又過了兩天，貓貓才終於獲准前去視察農村。

「小姑娘，藥品還有剩下些許儲備，妳不用這麼急著動身不要緊的。才剛來到個陌生土地，犯不著跑到那麼偏遠的地方去吧。」

庸醫把貓貓胡謅的藉口當真，放心不下地看著貓貓。一個醫佐女官放下本分前去視察，總需要一些理由。

「沒事的。況且說不定還能找到些未知的藥材。」

一半是說真的。戌西州的植被與華央州有所差異。不曉得這裡有著什麼樣的動植物，又具有何種藥效或毒性。

貓貓心兒有點怦怦跳。但願可以找到些有趣的藥材。

她整理好所需的最少隨身物品，放進行囊裡。以備不時之需的金錢，則請人為她準備了沙金碎銀等。聽說在時常與外國通商的戌西州，生金比較受到歡迎。

「是喔——我都不知道這種事還輪得到女官來做哩——」

天祐投來懷疑的視線。

「你說得對，這不是常有的事。但上頭帶我來本來就是看中我的藥師技術而不是醫術，之前也跟我說過會需要做這類差事。」

（好讓我調製殺蟲藥。）

「是喔——藥師啊。我還以為咪咪是靠親屬關係進來的咧。」

天祐講話總是讓人不太舒服。

「好了好了，不要這樣嘛。不可以這樣胡亂懷疑別人啦。」

（不，庸醫，你得試著多懷疑別人才行。）

世上行中庸之道的人可沒幾個。

「既然老叔都這麼說了就沒辦法嘍。慢走——」

天祐似乎無意繼續找碴，躺到給患者用的床上揮揮手。

庸醫也把滿滿一包點心拿給貓貓，揮了揮手。

「那麼，我去去就回。」

「好，這兒的事妳儘管放心。」

反正有李白在，庸醫的事應該不用擔心。

「怎麼這麼慢？」

「我是準時到。」

馬閃與雀在別第門口等貓貓。之前高順要她等馬閃到來，原來是為了代替李白充當護衛。

（沒有其他人一起來嗎？）

貓貓環顧四周。

「呃……就我們幾個嗎？不是聽說還要把種薯運過去？」

羅半他哥應該會跟著薯類一道前來才是，但只看到兩匹馬。

「裝著種薯的馬車在哪？」

對於貓貓的詢問，雀舉手道：

「我來為姑娘說明。種薯是用馬車運送沒錯，但速度比較慢，所以讓他們先出發了！

是一個長相不太顯眼，負責管事的人說的。至於我之所以會在這兒，是因為我與貓貓姑娘已經是閨密，不，是閨蜜。所以雀姊才會懇請大人准許跟隨，以免貓貓姑娘在陌生土地擔心受怕。」

「也就是說，妳是覺得會有樂子才跟來的吧？」

長相不顯眼的管事，說的一定是羅半他哥。這時貓貓才想到，雀之前還沒見過他。

被貓貓這麼一問，雀拉出一長串旗子代替承認。

「馬侍衛為何會去視察農村呢？」

貓貓基於禮貌問了一下。

「這是月君的命令。殿下命我護妳周全，免得羅漢大人在西都惹禍滋事。」

「……」

坦白講，貓貓寧可讓李白來，但這話不能說出口。

聽他這口氣像是知道那老傢伙與貓貓的關係，但似乎無意改變態度，直接忽視應該無妨。

（最近大概不知道的人還比較少吧。）

貓貓早就發現，自己不願承認的那個問題已經成了眾所皆知的事。那個怪人軍師一胡鬧起來，誰也掩蓋不住。

（但我跟他毫無瓜葛。）

貓貓不會改變此一認知。

「月君有家父擔任侍衛，不會有事的。」

馬閃的語氣像是在安撫自己。說不定他已經開始懷疑壬氏最近為何與他疏遠了。

（只希望他別悶出病來就好。）

貓貓擔心起馬閃的心病問題，不過他看起來意外地心平靜氣。甚至比之前顯得更成熟穩重了些。

「小叔啊，怎麼看你好像變了個人呢？」

「幹、幹什麼啊？忽然問這個。」

雀往馬閃身上戳了幾下。她似乎也與貓貓有相同的感受。

總之壬氏的侍衛一職，有高順留下負責。壬氏他自己在西都或許也有敵人，但無論是誰應該都不敢輕率出手。

（遠行出巡時發生暗殺騷動，傷腦筋的是當地領主。）

貓貓不知玉鶯這號人物的心思，只能相信他不會讓貴客遇到生命危險了。

「那麼是否要立刻出發了？」

雀爽利地一笑，抬腳踏上馬鐙。下身穿的不是裙裳，是褲子。

「也是。村子離這兒大約八十里（四十公里）路，走兩個時辰（四小時）應該就到了。」

「有可能會追過馬車呢。要不要順路去別的地方晃晃？」

雀優哉游哉地說。

「……很遺憾，這兒不像京城有那麼多茶肆。嫂子想跟馬匹一起在路邊吃草的話，弟弟不會阻止。」

對於雀的打趣，馬閃並未破口大罵。

（大概因為好歹也是大嫂吧。）

馬閃似乎是以他的方式表現尊重，但雀這人對誰似乎都不會改變態度。

「那麼貓貓姑娘要騎誰的馬呢？」

「這要我怎麼選呢？」

馬有兩匹。貓貓自己不會騎馬所以必須與人共乘。貓貓是覺得誰都可以。

「好，請貓貓姑娘隨雀姊來。馬閃小叔的馬鞍太硬了不好坐。相較之下雀姊這馬鞍用的是仔細鞣過的好皮，很能吸收撞擊力道，是久坐也不容易擦傷的精品。好了，這下妳要選哪一邊？」

不用說，貓貓的手指指向了雀。

「等會。這馬鞍哪來的？馬不是借來的嗎？」

閃。

「回小叔，是月君體貼提供的。他偶爾還是能做點好事呢。」

「喂，妳這是什麼說話態度！」

馬閃似乎不高興聽到雀高高在上地稱讚壬氏，凶巴巴地挑毛病。這種地方還是平素的馬閃。

「還能有什麼說話態度？月君表示要讓馬閃小叔充當侍衛時，我提出建言說那得再派個女子隨行才行，月君一聽可是一副被點醒了的表情呢。是呀，就是這樣。天底下最體貼的雀姊要來幫助貓貓姑娘。貓貓姑娘雖然心粗膽大到比圓木還粗，但身子骨可是脆弱不禁揍的。月君一聽才發現不能只託付給不會拿捏分寸的馬閃小叔，還跟雀姊道謝呢。」

（對，我一挨揍就會死掉。）

貓貓不是武科出身。縱使百毒不侵，卻抵擋不了拳打腳踢。

「所以嘍，小叔你得感謝我，叫我一聲雀姊，或者是嫂子大人。」

「……嗚。」

馬閃跟雀鬥起嘴來絕無勝算，只能垂頭喪氣。

既然贏家已經出爐，三人便出發上路。

話雖如此，其實也沒什麼值得一提之事。

自西都向西前行，一路上除了草原還是草原。話雖如此，好歹還有條露出土地的簡陋道路可以順著走。半途中，還偶爾跟像是商隊的一群人擦身而過。

也能看到遊牧民的氈包。一些孩子在照顧山羊以及綿羊。

（那就是所謂的地平線嗎？）

她聽阿爹說過，好像有種說法認為世界是一顆圓球。據說在經過開拓的廣闊土地會看到地平線微微彎曲，可以證明此一說法。貓貓實際一瞧，也的確覺得有點彎彎的。

雖不知道那種說法是真是假，但又聽說假如世界是顆圓球，就能解釋星星的移動現象。要是當時有聽仔細點就好了，可惜貓貓幾乎都忘光了。現在回想起來，那可是羅門於異國留學學得的知識之一。只怪自己不懂得珍惜。

草原的氣溫以春天而言有點冷。陽光多少發揮了些緩和效果，問題是風會奪走體溫。空氣也很乾燥。海拔似乎也有點高度，使得空氣略嫌稀薄。

「貓貓姑娘，請穿上。」

雀拿了件外套讓貓貓披上。外套內裡用了羊皮，很能擋風。上頭還有漂亮的刺繡，即使穿到京城裡也一樣體面。

雀穿著的外套比她給貓貓的這件樸素，但看起來一樣保暖。以雀愛引人注目的性情而言，衣服的裝飾素淡了些。

馬閃穿著樸素但實用的外套。還難得戴上了像是臂甲的東西，以免握韁繩的手凍僵。

穿上雀給的外套又跟她依偎在一塊，讓貓貓身子暖和，但露出的部位還是不免直接受到日曬風吹。

（小姐給的藥膏，還真派上用場了。）

這裡日曬強烈，空氣又乾燥，會讓人擔心曬傷問題。貓貓早已塗好了防曬霜，但雀是怎麼樣就不知道了。她似乎天生皮膚黑，但膚質仍顯得吹彈即破。

「雀姊，我有防曬霜，妳要用嗎？還能防止皮膚乾燥。」

貓貓姑且問一聲。萬一用完了，在西都找材料再做就是了。

「哦，可以嗎？雀姊本身皮膚就黑所以曬黑了也看不太出來，但對於送我的東西可是來者不拒喔。」

「那好，休息的時候我再拿給妳。」

馬閃之前說沒地方可以順道去晃晃，但還是得讓馬兒休息。沿路遍地都是青草可以餵馬，如果附近有地方可以取水就更好了。正好這時，一條河川映入眼簾。

「我們到那裡休息一下。」

馬閃對兩人說道。

「好的好的——」

「是。」

一行人抵達之處與其說是河川，似乎更像個大水灘。水深很淺，也幾乎沒在流動。也許是大雨之後一時形成的河川。

周遭生長著稀疏的樹木。樹蔭下有塊大石頭，刻有圖案。似乎是用來當作兩地之間的地標。

貓貓遠望生長在取水處旁邊的樹木。

（是石榴樹嗎？）

從葉片看起來像是石榴。樹枝上可能有鳥兒歇息，沙沙搖動著。

有幾匹野馬過來飲水。另外還來了些鳥兒。

「搞不好還會有蛇啊什麼的。」

「是呀，說不定會有。」

貓貓跟雀一起找，但沒找著。兩人挖了個像是巢穴的洞，結果跑出了鼠類。她們有帶吃的所以把那鼠放了，沒抓來吃。

水邊長有高大的草。貓貓事前查過，已經知道此地有麻黃與甘草等植物，不過這附近似乎沒有。就算有，也不可能採到太多。

（嗯——可能還是不大容易。）

不過，她找到了有種獨特氣味的草。此種植物高度介於草類與樹木之間，形似艾草。假如具有類似艾草的效用，或許可以用作驅蟲藥。說不定其實是一種貓貓所不知道的生藥，先採再說。另外她又採了幾種令她好奇的草。

「貓貓姑娘，吃飯嘍──」

雀拍拍手。

貓貓等人坐在鋪墊上，享用夾了肉與醋漬蔬菜的麵包。

貓貓都只是坐在馬上，卻似乎出了不少汗。身體比想像中更想攝取水分與鹽分。醋漬蔬菜吃起來格外美味可口。

馬閃一吃完，就一面看地圖一面從懷裡取出指南魚，讓它浮在水面上。

貓貓與雀探頭過來看他在做什麼。

「在草原上看地圖有用嗎？」

貓貓誠實說出心裡的疑問。

「雀姊是覺得有總比沒有好，不過幾乎沒有東西可以當地標還是不方便。就磁石與太陽的位置看起來，可能還得再靠北邊一點移動比較好喔。反正沒有東西擋住視野，看到民家應該就是目的地了。」

雀這人愛插科打諢，卻很能幹。看來她連地理都懂。相較之下，馬閃則是略顯尷尬地別開目光。

「……我還有個問題。」
「是是，貓貓姑娘請說。」
「怎麼請不到當地居民幫忙帶路呢？」
坦白講，貓貓後悔自己沒早點問出口。
本來以為只是去一趟附近的農村，反正都是在茘國之內，沒人帶路也不打緊；結果似乎也不見得。
縱然都是在國內，一到遠方就無法保證絕對安全。還是需要個精通當地情勢的百姓引路。
「……關於這個問題的答案……」
雀略微掃視周遭。
馬閃也以銳利眼光觀察四周。他手握劍柄，怎麼看都像是準備應戰。
（怎麼有種不祥的預感？）
雀站到貓貓前面。
「好好好，貓貓姑娘妳就這樣別動啊。」
不知不覺間，他們被幾個陌生男子包圍了。幾位衣服髒兮兮的仁兄，操著口音濃重的茘語對他們說話。簡單一句話就是威脅，要他們拿錢來。順便還叫他們把女人也留下。

怎麼看都是盜賊。

（我們以女子來說有利用價值嗎？）

貓貓與雀都不是什麼標緻姑娘，她不認為能賣得了多少錢。

貓貓腦子裡想著這些不莊重的事，心臟卻狂跳到快從嘴裡蹦出來。她慢慢吸一口氣又吐出來，好讓自己鎮定些。

「貓貓姑娘，妳就先閉上眼睛吧。假如有個萬一，雀姊就發揮生人婦的美色，讓這些賊人拜倒在我的石榴裙下！」

雀充滿自信，高高挺起她那扁扁的鼻子。

但貓貓可不甘願閉起眼睛當縮頭烏龜。她從隨身行囊裡，取出縫衣針與防蟲藥。雖然沒法造成多大傷害，至少可以讓對方退縮吧。

不過，看樣子雀的美人計與貓貓的縫衣針都不用出場了。

只聽見低沉的喀嘰一聲。盜賊甲被打得整個人飛過貓貓身邊。

接著是難聽的嘎嘰一聲。盜賊乙按住手臂滿地打滾。

然後是東西碎裂的啪嘰一聲。盜賊丙嘔出唾液、血與斷齒，倒在地上。

就連戲劇的武打場面都會比這演得長一些。完全沒有所謂的手下留情。演出方式更是太過簡短，看著都不過癮。

馬閃手是放在劍柄上沒錯。放是放了，但沒說一定會用到。

（全都被他空手揍倒了……）

貓貓只能看得目瞪口呆。隔了幾次呼吸之後，她才猛一回神，急忙趕到馬閃的身邊。

「讓我看看你的手！」

「呃，好。」

馬閃驚訝之餘仍拆下臂甲，把手伸出來。拳頭看起來並未骨折，手腕似乎也沒事。

貓貓聽說過馬閃武藝超群，且不容易感覺到痛。因此，他能夠毫不遲疑地發揮蠻力，但同時也容易受傷。

（為什麼沒事？）

連續發出那麼多難聽的聲響，揍人的人拳頭應該也會受傷才是。他的手完全沒事是有原因的。

貓貓拿起拆下的臂甲。乍看之下是把羊毛壓緊做成的所以似乎很柔軟，中心卻很沉重。裡頭似乎加裝了金屬片。

馬閃的蠻力加上內藏金屬片的臂甲。

她開始同情癱在地上的盜匪了。

至於那些盜匪，雀正忙著跑來跑去把他們綁起來。她把三人綁成一綑，一腳踩上去呼一口氣，擦掉額頭上的汗。

「這些人要如何處置？」

貓貓提出純粹的疑問。

「還能怎麼辦呢？反正也帶不走，就丟著吧。等到了村子，再請人過來把他們帶走吧。」

雀一臉不在乎的表情。

「但是，還是有點不放心。」

馬閃皺著眉頭雙臂抱胸。

「我能明白。」

貓貓心想，難得自己跟馬閃意見一致。把人丟在這裡，怕會有野狼什麼的來襲擊他們。

（要是發生那種事，就算是盜匪也會害我夜裡睡不好覺。）

馬閃走到那些盜匪身邊，拿起他們的手臂。接著又弄出一陣嘎嘰喀嘰的低沉聲響。

（……）

看來馬閃所說的不放心，指的是盜匪可能會逃跑。盜匪雙臂被毫不留情地折斷，有人甚至痛到尿褲子。之所以折斷的不是腿而是手臂，想必是在把人帶走時可以讓他們走路。

（原來我還算好心的了。）

貓貓一邊深深有此感觸一邊看著盜賊，發誓今後絕不做壞事。

後來，貓貓等人的旅途一帆風順。

（本來還以為會有更多蟲子。）

畢竟是草原所以是有些蟲子。但沒多到數量暴增的地步，只是偶爾看到幾隻蹦蹦跳跳。

（也許擔心蝗災只是杞人憂天？）

西都沒發生蝗災當然最好。

一行人抵達下一個休息處時，與帶著種薯提前出發的羅半他哥等人會合。不知為何有隻家鴨坐在拉運貨馬車的馬頭上，指揮若定地發出呱呱叫聲。

「舒鳧，你也來了啊……」

「呱！」

家鴨一見著馬閃，立刻展翅從馬的頭上飛落。家鴨的雙眼閃閃發亮，給人一種背後有花瓣飛散的錯覺。

「我本來想把牠留在宅子裡，但牠硬是要跟。」

羅半他哥如此辯解。當初是貓貓把照顧家鴨的責任硬塞給他，她不便抱怨。

「牠還真黏你哩。」

羅半他哥對這事的反應一派輕鬆。

「那隻家鴨還挺聰明的，而且很愛吃蟲，一定能幫上忙。」

「真羨慕您這麼悠哉。」

不像貓貓他們還遇到盜賊。

「怎麼了？妳這人本來就夠孤僻了，怎麼今天講話變得更帶刺？」

被羅半他哥講成這樣讓貓貓有點不舒服，但還是決定稍微解釋一下路上發生的事。

「我們被盜賊襲擊了。」

「什麼，竟然有這種事？」

羅半他哥臉色發青地聽貓貓怎麼說。

（這才叫做正常反應。）

看著被盜賊襲擊卻顯得氣定神閒的雀，貓貓有此實際感受。她那種反應就像是經驗豐富，或是早已料到會有這種情形。

先行隊有一輛運貨馬車，除了羅半他哥之外還有兩名像是侍衛的武官、三名可能是幫手的農民，以及兩名當地的嚮導。再附帶一隻家鴨。

貓貓雖不清楚每種職務該有多少人來負責，但覺得帶路似乎不需要用到兩人。

（會不會是其中一人原本預定跟著我們？）

講到這個，關於無人帶路的問題，她不知不覺間竟忘了問了。

結束第二次休息後，走不了多久就到農村了。民房以潺潺溪流為中心林立，四周可看見田地與林子。在聚落的後頭，還能看見坡度平緩的山丘。那跟貓貓所知道的山丘不大一樣，比較像是草原隆起形成的丘陵。

看見的那些白色斑點，也許是成群綿羊。其他黑點或許是牛。

從民房的數量來看，人口再多大概也就三百人。

一靠近過去，就有綿羊群咩咩叫著前來相迎。有的羊一身厚毛，也有的羊剪完了毛變得瘦巴巴的。大約正逢剪毛時期吧。

孩子們似乎也成了可靠的人力，拾起羊糞放進籠子裡。

「那是在做什麼？」

「據說羊糞可作為燃料，還說鋪在地板上很溫暖。」

注意到馬閃用異樣眼光看人家撿糞，貓貓做個解釋。附帶一提，頭上坐著家鴨的馬閃才是真正讓人覺得「那是在做什麼？」的那個。

「妳說羊屎嗎！」

「哎喲，原來你都不知道啊——？小叔你真是的——」

雀不忘故意講話氣馬閃。附帶一提，故意氣他的時候似乎都固定叫他「小叔」。

村子以水道與磚砌外牆圍繞。想到方才碰到盜賊的狀況，村子可能偶爾也會遇襲。

馬閃在村子入口跟人說話。也許是信使已經來過，村民立刻就放行了。家鴨從馬閃頭上下來，跟在他後頭走。

一個貌似村長、態度高傲的人出來相迎。

「啊——抱歉打個岔——」

馬閃還沒開口，雀先湊過去跟對方說悄悄話。貌似村長的人眼睛閃出一道光芒。兩名嚮導當中有一人被叫住。雀笑咪咪地不知是什麼意思，嚮導臉色越來越糟。非同小可的氣氛也傳達給了旁人。前隊的護衛武官站在雀的背後。雀笑容可掬，嚮導也神色平靜，但不管怎麼看都像是人犯被帶走。

（原來是這麼回事～）

貓貓雙臂抱胸，看清楚嚮導要被帶到哪裡去。

「喂，那是在做什麼啊？」

吐槽官……更正，羅半他哥向貓貓問道。

「大概是想講價吧。因為明明問了哪條路安全，卻出現了盜賊。」

「喔——但那樣豈不是故意找碴嗎？」

「或許算是故意找碴，但人家說是破例告訴我們哪條路絕對安全，我們還為此多付了錢。」

「不會吧？再說到處都是草原，哪來的路？上當的人自己也要反省吧！」

他說得沒錯。當然，這些都是貓貓瞎掰的，沒一句真話。那些打家劫盜的事情對羅半他哥來說太駭人聽聞了，所以貓貓用其他事情糊弄過去。

講著講著，馬閃偕同村長走了過來。後頭跟著家鴨。簡直像條狗似的。

「村長說要帶我們去住宿的地方。」

馬閃回來通知大家。

「是。」

「勞煩侍衛了。」

羅半他哥對馬閃客客氣氣地說。他哥本是大戶人家的長子，在這方面想必不會失了禮數。要不是羅半背叛家人，這人說不定早就平平穩穩地當到武官了。

「好。話說回來——」

馬閃看看羅半他哥。

「我該如何稱呼兄臺？」

馬閃似乎也不知道羅半他哥叫什麼名字。

「哦！」

羅半他哥臉上充滿期待。眼睛發亮，就像期盼這一刻到來已久。

「竊以為叫他羅半他哥就可以了。」

貓貓即刻回答。

「喂！」

羅半他哥的手背，俐落地拍在貓貓的肩膀上。

「知道了，叫羅半他哥就行了吧。不錯，這樣也好記。」

「喂，你怎麼這樣啊！」

羅半他哥對馬閃嚷嚷，連禮數都忘了。

「是。人如其名，就是羅半他哥哥。我想您應該知道羅半的為人，但他哥沒他那麼古怪，就是個平凡人所以不會害人。以薯農來說堪稱內行，這方面的事情就交給他吧。」

「誰平凡了啊！誰是農民啊！」

不是農民是什麼？都幫忙打理那麼廣大的薯田了，應該再自豪一點才是。

「知道了。既然是羅漢大人的親屬，我也不能有所怠慢。」

貓貓感覺馬閃好像瞄了她一眼，但決定不放在心上。貓貓在馬閃的心中，似乎不在討論範圍之內。

（這種個性倒是讓我很有好感。）

雖然馬閃對貓貓的態度還滿隨便的，但她反而樂得輕鬆。

「打擾一下——」

剛才那個貌似村長的人怯怯地過來說話。看來果然是村長沒錯。

「可以為各位帶路了嗎？」

「噢，抱歉。有勞了。」

村長的神情像是鬆了口氣，將眾人帶往村子中央的廣場。

「那麼請各位暫時住在這兒。」

原來是遊牧民使用的那種移動式氈包。

「這是數年前定居於村子裡的人用過的氈包，到現在還堪用，我們也已經把裡頭烘暖了。各位姑娘就請住在旁邊的小氈包裡。」

探頭往裡面一看，的確很暖和。氈包以網狀支架支撐，上覆羊毛氈。地上鋪著地毯，中央搭了個暖爐。本以為沒有窗戶會讓室內空氣變糟，但暖爐上方有著筒狀柱子，似乎是用來排氣的。堆在暖爐旁邊的茶色塊狀物，或許就是剛才孩子們四處撿拾的羊糞。

地毯緞紋精緻，看得出這農村以客為尊的心意。

「幸好還沒把這些折了收起來。」

村長悄聲說了一句。

「折了收起來？」

貓貓追問道。

「是這樣的，前幾天才剛有客人來過。」

「莫非是一位名叫陸孫的先生？」

「正、正是。姑娘認識他嗎？」

貓貓心想「果然」，點點頭。

他究竟是為何而來？那次之後，貓貓始終沒機會見到陸孫，因此沒能問個明白。

「今天已經很晚了，用過飯之後就休息吧。我會派人守在氈包入口，妳不介意吧？」

馬閃向貓貓做確認。

「是，不要緊。」

貓貓拿起自己的行囊，走進小氈包。她脫掉鞋子踩上去，只覺得蓬鬆柔軟。地毯底下鋪了好幾層羊毛氈。她脫下身上的外套，掛到牆上的突起處。然後在地毯上躺成大字形。

（啊，這可不成。）

氈包裡暖烘烘的，地毯又柔軟。她險些打起盹來，趕緊輕拍一下臉頰。

貓貓猛地坐起身時，恰巧雀走了進來。

「貓貓姑娘，看妳躺得好像很舒服呢。雀姊也來躺躺。」

雀整個人撲倒在地毯上瞇起眼睛。臉上表情像是整顆心融化了一樣。

「雀姊，在妳睡著前可以跟妳問件事嗎？」

貓貓在腦中整理今天一天令她在意的事情。她一面整理，也沒多想就變成了跪坐姿勢。

雀也變成跪坐姿勢與她面對面。

「好的好的，貓貓姑娘請說。」

雀還是老樣子。

「那些盜賊，是雀姊唆使的吧？」

對於貓貓的質問，雀表情毫無改變。

「妳這話是什麼意思呢，貓貓姑娘？」

雀偏著頭。

「抱歉我說得不夠清楚。換個說法，就是妳早已料到盜賊會出現，為了減少實際傷害而拿後續的我們當誘餌。」

雀的表情依然不變。

「妳有什麼根據如此認為呢？」

雀這樣反問不是想讓貓貓受窘。看她那模樣，就知道她只是期待聽到答案。

「是，先講第一點。為何要把人員分成前後兩隊？也許是為我著想，試著盡可能縮短行程。就從壬……不，月君好意準備了坐起來舒服的馬鞍這點來看也能明白。可是，就算是分頭出發好了，前隊有兩名嚮導，卻沒派其中一人與我們同行讓我感覺不太自然。」

「哦哦。」

雀似乎擅長看地圖，但是初次來到一塊土地，有人帶路總是比較好。貓貓感覺她是故意不帶人同行。

「第二點，就是這件外套。」

貓貓指指掛在牆上的外套。

「妳不喜歡那件外套？」

「穿起來非常保暖，在旅途中大有助益。但有一點比較令我在意，就是它的外觀精緻華美。」

「精緻華美？」

貓貓看看雀穿著的外套。

「雀姊向來喜歡華麗的東西，我覺得既然有兩件外套，妳應該會穿比較華麗的那件。雀姊卻挑了較為樸素的一件，對吧？」

「是這樣沒錯，但雀姊最基本的禮貌還是懂的喔。」

雀促狹地說。

「是，假如雀姊想把比較好的東西給我，應該會是月君交給妳的那件。妳才剛剛提到過坐起來舒服的馬鞍，所以我本來也以為這件外套是月君所賜。可是，我看不是吧。」

貓貓拿到的外套摸起來觸感很好。精緻的刺繡，遠遠一看都知道是上等貨。

「穿這麼好的衣服，等於是在跟盜賊宣稱自己是隻肥羊。雀姊穿的外套略顯樸素，是為了扮演肥羊的侍女等角色吧。」

「呵呵呵。雀姊的立場本來就跟貓貓姑娘的侍女差不多嘛。那麼，貓貓姑娘是說我為了讓賊人襲擊妳才故意讓妳穿上好外套，還把人員分成前後兩隊嗎？」

「與其說是想讓賊人襲擊我，應該比較像是讓他們鎖定一個目標吧。」

雀眨巴著眼睛。

「假若同時攻擊我們與前往農村的運貨馬車隊，那會是一大群人。雖然有武官在可以增加我方戰力，但也有些不常見到盜賊的人在場。妳不會想嚇到大家造成今後做事不方便，況且也不是沒有可能被抓成人質。」

羅半他哥是平凡人，看起來身體健壯但不像是慣於打鬥。貓貓猜想他的膽量大概就跟凡人一樣小。

「假如人員分成前後兩隊，人數較少的那隊還有個搖錢樹，盜賊一定會挑那隊下手。兩個女的，一個男的。恕我直言，馬侍衛雖然武藝有如鬼神但長相稚氣，塊頭以武官而論也不算魁梧。還有他們說『把女人留下』或許不是為了賣錢而是勒贖？」

盜賊恐怕作夢也想不到，實際一出手竟然會碰到披著人皮的熊。馬閃可是個屠獅勇士。

「可是，我說貓貓姑娘。就算貓貓姑娘的假設正確好了，雀姊又是如何把盜賊引來的呢？即使說貓貓姑娘穿著精緻的外套，難道盜賊就這麼巧，正好在那兒守株待兔嗎？」

「就是因為這樣，剛才妳才會跟其中一個嚮導說話。第三點，雀姊一到村子，就去找其中一個嚮導說話。我想妳一定是早就算準了嚮導不可信吧。」

貓貓想起那個臉色鐵青的嚮導。

「我猜在前隊出發之前，雀姊就已經跟兩名嚮導分別說過，後隊會在哪個水源地休息。只要拿地圖給他們看，假裝詢問適合休息的地點，就能夠讓對方知道我們會在哪裡休息。」

嚮導用了什麼方法聯繫不得而知，但應該多得是手段可以把消息傳給盜賊。

（例如白娘娘的鴿子。）

「雀姊從一開始就故意雇用了可能與盜賊狼狽為奸的可疑人物當嚮導。妳將兩個不同的休息地點分別告訴兩人，再看看會在哪兒遇襲。所以妳這麼做，是為了弄清楚兩個嚮導哪個是好人，哪個是壞人嗎？但也有可能兩個都是壞人就是。」

雀張開雙臂像是表示投降。

「只有一個啦。另一位嚮導是調查過身家的。」

「是月君的命令嗎？」
以前貓貓曾經拜託過壬氏，把她當成工具來利用。因此，她也不是沒想過壬氏會如此利用她。只是，她覺得這不像壬氏的作風。
「才不是呢，外套是我準備的。」
「是這樣啊。」
那大概就不是了。雀也許是基於不同於壬氏的命令體系在行動。
「貓貓姑娘這麼聰明，雀姊會很為難的。」
「我也很為難，因為不知道雀姊在想些什麼。」
兩人都在嘆氣。
「貓貓姑娘，我有兩件事拜託妳。」
「什麼事呢？」
「雀姊是活潑開朗的雀姊，所以請妳繼續把雀姊當成雀姊。」
雀咻咻抽出一串旗子。
「……我聽不太明白，但我懂妳的意思了。」
貓貓收下旗子，用指尖拈著垂落的旗子，不知接下來該怎麼做。
「貓貓姑娘，雀姊還有件事拜託妳。可以問妳個問題嗎？」

「什麼問題？」

「妳為什麼會覺得，比較華麗的上好外套不是月君贈與的呢？」

雀似乎是純粹感到不解。

「我只是覺得，那位大人若是要送我什麼，應該會是穿起來舒服但紋飾較少、重視實用的衣服罷了。」

「他都是這樣嗎？」

「漸漸就變成這樣了。」

比起從前，壬氏似乎慢慢弄懂了貓貓的喜好。

雀一面瞇起眼睛，一面望向氈包的入口。

「抱歉打擾兩位。」

氈包外頭傳來女子的聲音。

「請進來吧。」

貓貓說完，入口的羊毛氈隨即被掀開。

「不好意思。」

一位中年女子探頭進來，手裡握著韁繩。

「我照您說的準備了三頭山羊，要留在哪兒呢？」

「好的好的，謝謝妳。那麼，這些錢請收下。」
雀把錢塞到女子手裡。看來是在回來氈包之前先拜託過人家。
（山羊？是要帶回去嗎？）
要吃的話直接買殺好的比較便宜，況且也吃不了三頭。再加上原有的家鴨，感覺越來越熱鬧了。
雀一面握著山羊的韁繩一面翻找行李，取出一只沉甸甸的袋子。
「這是什麼？」
「是鹽巴啦。這附近不靠海，又採不到岩鹽，鹽巴在這兒可是很珍貴的。山羊咩咩也很愛吃鹽。」
「妳弄來這些要做什麼？」
貓貓猜不透她的用意。
雀咧嘴一笑。
「我要跟人談判，就用這山羊與鹽巴。雀姊向來崇尚和平，所以做事都喜歡大事化小，小事化無。雖然睏死了，但我得再去處理一件事才行。貓貓姑娘妳就好好歇息，恢復體力吧。」
雀一轉身背對貓貓，就帶著幾隻山羊走出去了。

七話　農村視察　後篇

羅半他哥盯著土壤瞧。他伸手檢查觸感，偶爾還含在嘴裡然後吐掉。

「如何？」

貓貓從旁探頭看羅半他哥。種田人家向來起得早。太陽才剛剛準備升起，羅半他哥已經開始忙了。貓貓是因為太累反而沒睡好，才會聽到早起的農民發出的聲響。

地方在昨天抵達的農村裡的一塊田地。昨天他們就先向村長取得了許可，所以羅半他哥現在自己跑來看土壤。

田裡的麥子已經發芽。雖然讓人擔心綿羊或山羊會不會來啃食，不過除了放牧時以外都是關在羊圈裡，應該沒這問題。

「土質不錯，排水性也佳。再貧瘠一點都行。」

「養分少一點反而比較好嗎——？」

貓貓突地冒出頭來。

（昨天明明看她很晚才睡。）

雀到了夜半才回來氈包。可能是那什麼談判的耗了些時辰，但本人看起來精神飽滿。

貓貓最好還是別問她去談判了什麼。雀說過了要貓貓照以往的方式與她相處，因此她決定不多問。

羅半他哥站起來，打量整片田地。

「薯類不同於其他蔬菜，土質貧瘠才能長得好。甘藷種在太肥沃的土裡會只有葉片茂盛，塊根長不好。馬鈴薯則是容易生病。」

「原來是這樣呀。對了，由於早飯光吃麵包不夠飽，我再煮個粥喔。」

「喔，那真是多謝……」

雀正在給甘藷削皮。

「妳怎麼在削皮啊！」

羅半他哥快如電光地把甘藷搶走。「哎～喲～」雀故意站不穩轉圈圈。

「這、是、種、薯！種薯！不、准、吃！」

「可是，這村子裡只有小麥可吃耶。手邊又沒多少米，我是想加點甘藷增加分量。」

「地瓜粥？好像很好吃。」

貓貓也有點餓起來了。早上比起麵包還是有助消化的粥比較好。

「這是要拿來種的！不可以吃掉，知道嗎！」

羅半他哥用一種教小孩子的口吻罵人。總覺得講話方式跟捲毛眼鏡有點像，或許因為是兄弟的緣故吧。「咩～」在旁邊睡覺的綿羊好像嫌吵地叫了一聲。

「啊——這個不能當成種薯了……」

羅半他哥看著被削皮的甘藷唉聲嘆氣。

「那我就拿去煮早飯嘍。」

「……不得已了。」

「一條不夠，再追加個三條。」

「不行！不可以這樣！」

羅半他哥馬上阻止雀。貓貓頓時握緊了拳頭，親身體會到這裡才是他這平凡人能夠發光發熱的地方。羅半他哥就是要對人吐槽才能發揮生命力。

「先不管早飯怎樣，這樣看起來，有辦法栽種嗎？」

貓貓個人是很想再看一下耍笨與吐槽的你來我往，但事情總得講下去。聽到這個問題，羅半他哥雙臂抱胸。

「這兒跟子北州其實都差不多。雖然沒子北州那麼偏北方，不過從氣候來說的話，馬鈴薯可能會比甘藷長得好。這附近地區比華央州更冷。」

「……這兒似乎是真的有點冷。西都好像還比這兒暖和一些。」

（耳朵有點痛。）

貓貓捏住鼻子緩解耳壓。

「聽說這兒的海拔比西都高出相當多。」

「似乎是呢。」

「是這樣啊？」

雀從懷裡取出地圖。

「雀姊我很會看地圖，但地圖上不會寫出高度。難怪覺得空氣有些稀薄。」

「這我比妳厲害，我阿爹教了我很多。」

平凡人得意洋洋地挺起胸膛。

「西都鄰近沙漠，所以白天氣溫很高的。不像這裡，即使是白天一樣冷得刺骨。」

貓貓這時才親身體會到，同樣是戌西州氣候卻大有不同。

「所以還是種不起來了？」

「這就難說了。基本上若要種植甘藷，最好有華央州春季到初夏的氣溫。在這邊不管是沙漠還是高地，氣溫都稱不上合適。或許是有種種看的價值，但大概還是種馬鈴薯比較安全——不過……」

總覺得羅半他哥的臉色，似乎有些鬱悶。只見他一副無法接受的表情大步走進田裡，然後開始踩踏麥子。可能是栽種的時期較晚，看起來都還像小草。

「你在做什麼呀？會挨罵的喔——」

雀嘴上這樣說，卻只是旁觀。

「我才想罵人咧！這些麥子，分櫱得太少了。根本都沒在踩麥嘛！」

「踩麥？」

貓貓一面偏著頭，一面看著羅半他哥像螃蟹一樣橫行。

「種麥子要像這樣踩踩，促進分櫱。這樣根才會長得壯，變得不容易歪倒。可是，我看這裡的田都沒踩過！真要說的話，其他的田也是！分櫱可以讓麥子結更多穗！收穫量也會增加，就不知道他們怎麼搞出一堆瘠田！」

「真不愧是農民。」

「誰是農民啦！」

（除了你以外還有誰？）

羅半他哥用笨笨的螃蟹步不斷踩踏麥子。無論本人願意與否，看起來完全就是個莊稼漢。雀說「好像很好玩」開始學羅半他哥踩麥子。這麼一來，貓貓不跟進就沒完沒了了。

三人正在學螃蟹走路時，村民陸陸續續起床，都湊過來看。大家都在遠遠觀察訪客們的奇異行徑。

「你們在幹嘛啊……」

馬閃也在旁觀群眾之中，臉孔抽搐。他用異樣的眼光看著三人，但貓貓覺得肩膀上坐著家鴨的男人沒資格說他們。

「這裡的農事做得太不像話了！」

羅半他哥坐在地毯上發表意見。

「現在正在用飯，請保持安靜——」

雀用麵包把臉頰塞得跟松鼠似的。

貓貓等人回到氈包，先用早膳再做打算。

烤得扁扁的麵包上，放著羊肉串燒與包子。暖爐上放著一只鍋子，煮好了一鍋羊肉小麥麵湯。飲料以茶來說顏色太淡，用山羊乳代替熱水，跟貓貓知道的茶有所差異。

（以乳品與家畜肉為主，蔬菜較少啊。）

要不是這裡是農村，穀類想必也會更少。

用飯時，大家會聚在氈包裡一起吃。雀來不及煮粥，說改到晚膳再吃。至於已經削皮的甘藷，此時正放在暖爐上烤著。

由於馬閃在暖爐前坐下，雀與貓貓、羅半他哥也各自找暖和的位置就座。護衛武官等其他同行者則在他們身旁圍成一圈坐下。

熱湯味道有點淡，貓貓向雀拿了點鹽加一撮進去。串燒比京城攤販賣的好吃多了。代替盤子的麵包很硬，要掰著沾湯吃。配上熱過的乾酪十分美味。

蔬菜只有湯與包子裡放了一點意思意思，分量讓人不滿足。

「我是在說，為什麼要種卻不好好種？他們知不知道像我剛才那樣仔細踩踩，之後可以增加多少收穫量？」

「是，您說得是。那塊乾酪不吃的話就給我。」

「喂！不准擅自吃我的！」

雀動作迅速地從羅半他哥面前搶走乾酪。

（何必這樣？）

乾酪的話還多得是，雀搶他東西大概只是想逗他。

貓貓等人一面用飯，一面談論方才在田裡幹的活。

「我想這次人家應該是讓你來視察農村的，羅半他哥，你看了覺得如何？」

在馬閃的腦袋裡，羅半他哥這個名稱已經確立了。奇怪的是換做平常的他應該會更認真地詢問本名，搞不好是某種不受法則支配的力量作祟。

「聽我說啊，我的名字叫——」

「你既然帶了種薯來，多少還是有打算栽種吧？」

貓貓即刻插嘴。

「那當然了，人家已經說了有好地點的話就種。羅半是這麼對我說的。都已經拜託我了，就算是我那惡劣弟弟說的話也還是得好好幹吧。」

（有個那麼惡劣的家人，這人講話還是這麼正直。）

無奈羅半他哥，總是散發出某種讓人想尋他開心的氣質。

「麥田的事情我明白了。有什麼問題嗎？」

「問題可大了。這裡的傢伙，到底想不想認真種田？」

羅半他哥喝點湯潤喉。

「我是外行人所以不太明白，他們沒做你所說的踩麥，有嚴重到需要你這樣嚴厲指責嗎？」

貓貓也贊同馬閃的意見。踩麥或許的確是能讓麥子長得更好的作業，但並不是沒做麥子就長不大。如果還有其他事務要忙，會省略這道工夫也無可厚非。更何況戌西州的農業是以畜牧為主。

「不只是踩麥，幼苗也都長得零零落落的。我知道他們是直接播種，但也該播得平均一些吧。有些田地更是拖到太晚才栽種。還有肥料也得整個田地都灑到才行，土壤的顏色都變得深淺不一了。」

「真是吹毛求疵呢。要不要吃甘藷？」

「誰吹毛求疵啦！甘藷我早吃膩啦！」

貓貓向雀要了些烤甘藷吃。甘藷直接吃就已經夠香甜可口，塗上一點酥（奶油）更是溫潤順口。雀似乎也吃上癮了，偷偷多拿了三條切片來烤。

貓貓明白羅半他哥想說什麼，但她也有話要反駁。

「會不會是每個地區有不同的農作方式？既然此地原本是以畜牧為主要營生，應該不需要那麼多的五穀雜糧。沒有需求，技術就不會進步。」

「妳說得對。但我的意思是，這個村子在幹農活時偷懶。像他們那樣做，我不認為能有多少收穫。這兒的傢伙是明明有技術，卻不肯認真幹。」

「有其他收入來源的話就不成問題了吧。何必如此介意？」

馬閃也一邊啜飲奶茶一邊反駁。

「我——的——意——思——是——」

「你是想說分明可以從其他地方獲得收入，為何要特地種田又偷懶？」

貓貓好像聽懂了羅半他哥的意思。

「呃，就是這樣。」

羅半他哥看到終於有人明白了自己的意思，稍稍鬆了口氣。

「我聽不懂。」

「我也聽得不是很懂，請解釋得讓雀姊我也能理解。」

馬閃與雀各自要求說明。

「如果靠放牧就能過活，一直於各地遷徙放牧不就得了？不然特地定居下來開墾田地，反而不容易把家畜養肥。換言之，我認為他們選擇定居而非遊牧，是因為這樣更有好處。」

「畢竟四處遷徙，有時是會弄壞身子的嘛。」

「正是。就像這個氈包原本的主人，從放牧改業成為農民，似乎不是什麼稀奇事。不知他們是迫不得已才成為農民，抑或是成為農民比較有好處。假若是後者，兩位不覺得他們應該會想增加收穫量嗎？」

聽了貓貓的說明，羅半他哥「嗯嗯」不住點頭，其餘二人則是一臉愣怔。

「恕我無法解釋得更清楚，兩位覺得呢？」

「該怎麼說才好？我也覺得這其中有蹊蹺，只是……」

「不知該如何用言語形容呢。」

貓貓一面低聲沉吟，一面咬著冷掉的甘藷。這個地方沒有任何甜食，使得甘藷吃起來顯得更加香甜。

「……」

忽然間，貓貓望向氈包的入口。有兩個小孩可能是對客人感興趣，在那裡偷看。是年僅十歲上下的小男孩與小女孩，應該是兄妹。

「要吃嗎？」

兩個孩子雖然略顯慌張，但仍伸手過來拿從未看過的甘藷。吃了一口之後，他們名符其實地睜圓了眼。

「可不可以……再給我們一個？」

兄妹倆眼睛滴溜溜地轉，看著貓貓。

「可以，不過能不能讓我問幾個問題？」

難得有這機會，貓貓決定請他們提供點情報。

用過早膳後，一行人與兩個孩子一起把村子走過一遍。

「你們家裡有在認真種田嗎？有沒有混水摸魚？」

雀直言不諱地向兄妹問道。

「在田裡摸魚？」

「摸魚？」

兄妹二人面面相覷。

「雀姊，這樣講小孩子可能很難聽懂吧？」

「會嗎，貓貓姑娘？」

雀再給兩個孩子一些烤甘藷。

「……不知道那個算不算摸魚，不過聽說種田可以拿到錢。」

「拿到錢？是拿麥子去賣錢嗎？」

兩個孩子裡的哥哥搖頭。

「呃，不是，說是長不大也可以收錢所以很輕鬆……」

「喂！誰准你們靠近客人了。」

被村裡的大人叫住，兄妹倆嚇得跑走。手裡緊緊握著甘藷。

「啊，等等……」

貓貓想叫住他們但太遲了。兩人已經跑遠了。

（長不大也可以收錢？）

聽起來很不對勁。假如此話當真，哪裡還需要照料麥子？

「真對不起，那些孩子有沒有搗蛋？」

「沒有，他們很乖。」

即使如此，村民還是滿懷歉意地向貓貓他們賠罪。與其賠罪，貓貓真希望村民沒來打擾。能問話的孩子們已經跑不見了。

真想問個明白孩子們所說的「可以收錢」是什麼意思。

（看起來不像是有所隱瞞。）

貓貓一面歪頭，一面繼續在村子裡閒盪。乍看之下什麼也沒有，就只是個悠閒安逸的村子。村裡沒有什麼舖子，幾乎都靠自給自足。聽說大約每隔十天，就會有行商過來。

村民很親切。看起來不像在做什麼壞事。

（也許是孩子們弄錯了，而我們也多心了。）

但是身旁有個男的，心裡似乎比貓貓更不痛快。

「做哥哥的——表情太嚴肅了喔——笑一個笑一個。」

雀跑去找羅半他哥抬槓。

羅半他哥瞇著眼睛，巡視村子裡的田地。手裡拿著個裝了種薯的袋子。

說是視察，但羅半他哥此行也是想看看有沒有機會推廣新的作物。要培育新的作物，最好能選擇多少有點幹勁的人才。

羅半他哥每次被說成農民總是一概否認，對農事的態度卻十分真誠，是個自相矛盾的平凡好人。

羅半他哥總是想堅稱自己不是凡夫俗子，但他的行動理論是真的很平凡。

（再說不想繼承家業的長子又不是就他一個。）

只是如果直接指出這點，羅半他哥可能會生氣。

坦白講，貓貓覺得每個人分頭行動比較快，但她不能擅作主張。男尊女卑的思想在這戌西州一樣根深蒂固，一個外地女子大搖大擺地獨自行事會惹來反感。就算有護衛跟著，那樣帶頭的還是貓貓所以行不通。

（話雖如此，雀姊行動倒是隨心所欲。）

那個自由人，剛才說另外有事要做，不知跑哪兒去了。她雖然性情古怪但受到水蓮賞識，就當作沒問題吧。

以貓貓來說，比較好的作法是巧妙誘導羅半他哥或馬閃，向村民問話。以這種情況而論，她會選擇跟著羅半他哥。這是因為馬閃背後跟著一隻家鴨，引來了村民異樣的眼光。

不用貓貓誘導，羅半他哥自己就會做出貓貓想做的事。他老早就開始詢問村民是否發生過蟲害了。

「蟲害啊……」

「對。比方說去年情況嚴不嚴重？」

「嗯——蟲害是年年都有。去年當然也發生過，損失也很慘重，但還是勉強撐過來了。」

我們能像這樣有飯吃不怕餓死，都得感謝領主老爺的恩德啊。」

領主老爺？是指玉袁嗎？

村民說之前蟲害規模很大，但或許並沒有嚴重到把糧食都吃光啃盡。

「喔——那麼，再問一個問題。那邊那塊田，是誰的？我想見見那人。」

羅半他哥指著麥田。

「那邊那塊？喔喔，那是念真大伯的田啦。就是個住在村子外緣一間房子裡的老先生。房子隔壁有間廟，看到就知道了。」

「謝謝，我去瞧瞧。」

「呃不，雖然是我給你指的路，但你們真要去見念真大伯？」

村民面有難色。

「我是有此打算，有什麼不方便的嗎？」

「嗯——我是不會阻止你們啦。只是，你們見了那老先生可能會有點吃驚喔。不過他不是壞人，你們不在意就好。」

總覺得村民話裡有話。被這樣一講反而讓人更好奇了。

貓貓等人前往村民所說的地點。

「請問一下。」

貓貓扯了扯羅半他哥的衣服。

「怎麼了？」

「您為什麼對那塊田感到在意呢？」

「妳看不出來嗎？只有那塊田耕耘得最美。」

「最美？」

這詞用在田地以外的其他方面上更能討人歡心，但羅半他哥的神情十分嚴肅。

「其他田地都只是隨便耕耘，只有那塊田整地做得漂漂亮亮。踩麥也做得扎實，麥子長得很強壯。」

「是這樣啊。」

經他這麼一說，看起來的確如此，但很遺憾地貓貓對麥子沒多大興趣。

（這附近一帶都沒長麥門冬呢。）

講到麥讓她想起了一種生藥。此外，這種生藥跟麥子一點關係也沒有，是一種叫做蛇鬚的植物的根。麥子的話麥角有時可以入藥，但更為人所知的是其強烈毒性。而且現在麥子還沒結穗，引不起她的興趣。

（這附近周遭，都沒長什麼像樣的草木。）

貓貓覺得自己快要陷入慢性生藥缺乏症了。自從成為醫官貼身的女官以來，她成天有一大堆藥可以看，把胃口養得太大了。

（藥，我想看藥……）

想著想著，癮頭就忽然來了。她開始哈啊哈啊喘著大氣。一路上也都沒遇到什麼好藥草。

「欸，喂，妳還好嗎？臉色怎麼這麼難看？」

羅半他哥出言關心貓貓。

「抱、抱歉。我沒事……」

可是，她好想看藥。好想聞聞藥味。現在是飢不擇食，毒藥也行了。

要說這附近能有什麼生藥，大概就是四周悠閒走動的綿羊了。

（羊角好像能拿來當成生藥？）

記得羚羊角可以用作生藥。但可能是此羊非彼羊，綿羊的角形狀與貓貓之前看過的生藥並不相同。

（同樣都有個羊字，想必藥效也相似……）

貓貓用幽魂般的動作伸手想碰羊圈裡的綿羊。

「喂，我就說這傢伙不對勁！」

羅半他哥從背後架住貓貓。

貓貓也知道自己行為異常，但就是變得無法阻止身體的反應。她渴求著藥物，不管是哪種都好。

「給、給我藥……」

「藥？妳生病了嗎？」

貓貓心想：羅半他哥，拜託什麼都好，拿點藥來給我吧。

「怎麼了嗎？」

馬閃帶著家鴨過來了。

「她說她想要藥。」

「藥啊。這倒提醒我了，水蓮嬤嬤讓我帶來了一樣東西。」

馬閃從懷裡取出一只布包。

「水蓮嬤嬤說，只要**貓兒**做出奇怪舉動就給她看這個。」

慢慢拿出來的東西，是呈現「乙」字形的奇妙乾貨。

「海、海馬！」

說到別名龍落子，有的人可能就知道了。就是一種非魚非蟲，奇怪特異的海中生物。

馬閃把乾貨迅速藏好，不給貓貓看。

「啊！」

「我看看……上面寫這什麼？」

馬閃看看一起放在布包裡的紙條。「呱呱。」家鴨也坐在馬閃的肩膀上探頭看著。

『一旦貓貓開始做出奇怪舉動，就把布包裡的東西給她看。還有，切勿立刻把東西給她。每次辦完一件差才能給一條。』

分明是馬閃在誦讀內容，耳朵聽見的卻是水蓮的聲音。

（那老太婆真有辦法。）

與綠青館的老太婆相比，水蓮另有一套辦法對付貓貓。她至今已經看過貓貓一次又一次被壬氏用誘餌釣上，一定早就把貓貓摸透了。

東西不是壬氏而是水蓮給的，可見對那老嬤子而言，馬閃仍然是個需要人指點妙計才懂得如何操控貓貓的小毛孩子。

「上面是這麼寫的，妳那什麼癮頭治好了嗎？」

「是！我全好了。」

貓貓活力充沛地舉手。

「不是，怎麼可能全好了？什麼仙丹妙藥能用看的就把病治好啊！」

羅半他哥還是一樣不忘吐槽。

「常言道病由心生，請別介意。別說這個了，還是快快把差事辦完吧。」

（為了海馬。）

更何況，那可是經常用作強身健體等用途的生藥。

「不是，我實在搞不懂。這不太對吧？這不太對吧？」

「說也奇怪，同一句話重複兩遍會讓人想起某某人呢，羅半他哥。」

也不是別人，主要就是一頭捲毛的眼鏡兄。

「就跟妳說了，我的名字不叫羅半他哥……」

「還是快走吧。沒那麼多閒工夫打混了。」

羅半他哥的名字約定成俗地被打斷，不過總覺得這哏也漸漸被玩爛了。

農民大叔說過是一間廟，但跟貓貓常看到的廟有點不同。那廟是磚砌的，沒有窗戶。裡面掛著一條條飄動的布，另有神佛掛畫掛在牆上代替神像。

隔壁蓋了一間破房子。村民說的民房必定就是它了。

「那麼，我去敲門了。」

羅半他哥一副仍然心有疑惑的神情，去敲那破房子的門。

「……」

沒人應門。

「不在家嗎？」
「應該是去幹活了吧？照顧綿羊或是下田之類的。」
雖然以時刻而論，也差不多該回來吃午飯了。
「有什麼事嗎？」
背後傳來一陣低沉沙啞的嗓音。
貓貓等人回頭一看，一名膚色淺黑的老人站在那裡。老人手持鋤頭，脖子掛著手巾，一副標準的農民模樣。衣服被黑土弄髒，到處縫滿了補丁。是農民不會錯，但是——
「！」
馬閃不假思索地握住了腰上的劍。貓貓也明白他為何想都沒想就擺出架式。
「喂喂，對一個農民抱這麼大的戒心幹嘛？」
淺黑色的皮膚布滿了黑斑。不只是因為上了年紀，也顯示了此人長年受到太陽曝曬。然而，讓馬閃起了反應的部分不在這裡。
老人缺了左眼。左眼窩凹陷出一個洞，眼球不知去向。拿著鋤頭的右手沒了食指，身體露在衣服以外的部位也能看到好幾道刀箭留下的舊傷。
這下就知道剛才那大叔為何說見到會吃驚了。馬閃之所以想都沒想就做出反應，是因為對方散發的氣息比起農民更像是武人。

「老先生可有過從軍經歷？」

馬閃用不失敬意的語氣問了。

「沒那麼了不起。只是當過肆虐草原的蝗蟲罷了。」

（當過蝗蟲……）

講法很令人在意。再說貓貓心裡也有個疑問。

「您剛才是去下田了嗎？」

貓貓忍不住問了。老人手持鋤頭，衣服又沾有泥巴。留在衣服上的泥巴汙漬讓貓貓覺得有些眼熟。

「不然還能去幹什麼？」

老人回得毫不介懷。

貓貓也覺得自己問了句廢話。但她看過村子裡的田地，有了一項發現。

「只是覺得一般的農活不會把衣服弄得這麼髒。」

在現在這個時期，照料麥子並不會把衣服弄得這麼髒。田裡的土是乾的，除非耕作的是溼土，否則泥土不會這樣黏在身上。

「請問是否曾有一位名叫陸孫的先生來過這兒？」

「……喔，你們跟那小夥子認識啊。」

老人眨眨只剩一隻的眼睛，然後打開了跟破木屋沒兩樣的家門。

「你們先進來吧。我可以請你們喝點山羊奶。」

老人把鋤頭靠在牆邊，請貓貓等人進屋。

名喚念真的老人的住處，無論外觀或內部陳設都只能用簡樸二字形容。

（跟我家差不多。）

這屋子跟貓貓位於煙花巷一區的破房子很像。屋裡只有爐灶、床鋪與粗製濫造的桌椅，再來也就只有營生工具了。如同貓貓家中什麼都和藥有關，念真家中放的也盡是些農具。

（光看屋子會覺得是個克勤克儉的人。）

但那一身傷疤怎麼看都不像普通老百姓。

椅子有三把，只有念真一個人站著，把山羊奶倒進缺角的碗。家鴨在小玄關裡啄地面，看來是有穀子掉在地上。

「是有個名叫陸孫的男人來過這兒。差不多十天前吧。」

正好就在貓貓於西都見到他的前一天。

「請問他來這裡有什麼事？」

本來想請馬閃或羅半他哥代為詢問，但陸孫這個名字是貓貓提的，於是貓貓自己開口。

「也沒做什麼，只有讓他拿著鋤頭耕了一下田。」

「耕田？是替春播做準備嗎？」

貓貓聽過麥子這種作物可二季耕種。分別是冬季播種，春季或初夏收穫，以及春季播種秋季收穫。

「不是。春播也要做，但我讓他做的不是那個。」

念真把山羊奶放在桌上，請貓貓等人喝。馬閃喝不慣這種飲料，神情有點複雜，貓貓則是心懷感謝地拿來潤喉。溫溫的但沒放什麼怪東西，就只是普通的山羊奶。

「要講得更好聽些，就是請他幫忙做了一下祭祀之事。」

「祭祀？」

貓貓偏著頭。羅半他哥與馬閃也都沒聽懂，面面相覷。

「是為了慶祝豐收或類似的祭祀嗎？」

「不是慶祝豐收，說成驅除歉收的災禍比較正確。」

「……抱歉，這對我們來說有些難懂。可否請您解釋得再清楚一點？」

對於貓貓的懇求，念真吐著舌頭坐到了床上。舉手投足都流露出缺乏教養的調調。

「沒什麼，你們就陪我這老頭聊聊吧。村裡人都懶得理我。」

「老人家，我們沒有那種閒工夫。」

馬閃火氣有點大。

「喔，是嗎？」

念真倒頭就躺到了床上。

貓貓從椅子上站起來，阻止馬閃。

「真抱歉，請您繼續說。」

貓貓低頭賠不是。道歉不用錢，與其讓他在這裡鬧彆扭，她寧可賠罪了事。

「哼——這我得想想了。」

念真的講話口氣與其說是逗他們玩，更像是以欺侮人為樂。

「我沒興致了，還是算了吧。」

「你這什麼態度！」

馬閃想上前罵人，但貓貓打斷他。羅半他哥可能是不常跟人起爭執的關係，選擇當個旁觀者。

（拜託不要因為血氣方剛就動手啊。）

她知道馬閃本領高強，也不認為他會敗給這老人，只是——

（這種個性的人，性子常常都沒來由地頑固。）

縱然馬閃實力上比他強，他也有可能打死不肯認輸——變得像貝殼一樣三緘其口。

（那就傷腦筋了。）

只是，她感覺念真那樣說只是想逗逗他們。如同她一提起陸孫，老人就請他們進家門一樣，也許他心裡其實有話想講。

「要我們怎麼做，您才願意開口呢？」

貓貓始終放低姿態。

「……我想想。那這樣吧，跟我玩個猜謎如何？」

「猜謎？要猜什麼呢？」

「很簡單。只要猜得到我是什麼人就行了。」

（不懂什麼意思。）

馬閃與羅半他哥再次面面相覷。家鴨代替馬閃跑去啄老人的腳。

「那麼，我……」

馬閃舉手準備回答，但念真揮揮少了根手指的手。

「我是問那邊那個小丫頭，沒在問你這臭小子。」

「臭、臭小子……」

馬閃竭力克制脾氣。這個相貌稚嫩的武官，看在一個渾身舊傷的老人眼裡自然跟個臭小子無異。

回到正題，既然只有貓貓有權作答，該怎麼回答才對？

（念真……只有名字取得別出心裁。）

意思就是深念真相。

（但願人如其名，講話別虛實穿插就好。）

貓貓一一檢視他說過的話。

念真曾把自己說成「蝗蟲」。那對農民而言是一種棘手的害蟲。

（意思是會啃食破壞農作物？）

念真沒了食指，也沒了左眼。

（以農民來說身上有太多傷疤。但是未曾投身軍旅。）

最起碼應該有跟人廝殺過。而且傷疤看起來像是身經百戰。

（沒了手指就拿不了武器。特別是弓箭之類……）

無意間，貓貓想起昨日襲擊他們的盜賊們。那些手臂被折成一截一截的人，不知如今是否已經交給徭役了。

（燒殺擄掠判的是絞刑，最起碼也是肉刑……）

而念真說過，他請陸孫幫忙的是祭祀之事。

「……念真大伯。」

「什麼事？」

念真一副猜得中算妳厲害的態度。

題外話，羅半他哥一直用一種憤慨的神情瞪著貓貓。也許是貓貓用名字呼喚一個才剛認識的老人，讓他不高興了吧。

（現在誰跟你計較這個啊。）

貓貓大吸一口氣吐出來。

「您是牲禮嗎？」

貓貓的回答讓旁人都僵住了。

「這答案什麼意思啊！」

馬閃駁斥貓貓。

「您不知道嗎？就是活人獻祭的意思。」

「這我曉得。我是說這個老人怎麼會是牲禮？他不是活得好好的嗎？」

講到牲禮，一般都是要被宰殺的。

可是，貓貓覺得這個答案最貼切。

「我也不知該如何解釋才好。」

貓貓看著念真。老人臉上與馬閃的反應不同，露出某種欣然接受的表情。

「是嗎？是這樣啊。牲禮……原來我成了供品了。」

念真長吁一口氣，接著瞇起了只剩一隻的眼睛。

「你們三個，可願意聽一個頑劣之徒聊聊往事？」

講話語氣輕鬆，但念真那獨眼的深處，彷彿藏有沉重的情感。

「有勞老先生了。」

這次羅半他哥與馬閃也都低頭請求，以免再惹惱他老人家。

八話　老人的往事

差不多在五十年前，遊牧民的人數還比現在多了一倍。

我也是其中一人，算是出生在比較好勇鬥狠的部族。好勇鬥狠說起來算好聽了，講白了就是盜賊。我們平時飼養牲畜，有時候想討老婆就去搶其他部族或村落的姑娘。然後呢，順便還兼營侵奪或販賣人頭等副業。

好啦，別瞪我。我知道錯了。當時我對那些事情從沒抱持過疑問，也以為討生活就是這麼回事。我爺爺、阿爹都是這麼過活的。我奶奶跟我娘也都是搶來的。在我出生長大的地方，那就是常態。

這是十惡不赦的事，我比誰都清楚。

好了，讓我繼續說下去。

當年我還是個十來歲的年輕小夥子，但就連族長也器重我的弓箭本領，讓我積極參與劫掠之事。打贏了就吃得到大魚大肉，拿得到金銀牛羊。那些人要怪也得怪自己沒本事。我們每戰必勝，所以也就驕矜自大了起來。

這種驕矜自大，蔓延到了整個部族。

有一天，族長的兒子說，他想得到識風之民的姑娘。

所謂的識風之民，這麼說吧，就是受任執掌整個草原祭祀之事，類似神官的存在。他們飼養鳥禽，依著風向在草原上移動。族裡有很多智者，能準確說中當年的氣候。

在我們這些莽漢居多的遊牧民當中，仍然有個不成文規定。就是不可對識風之民出手。

但是，我們的部族違背了規定。

為了幫族長的嗣子討老婆，我們襲擊了識風之民。那些人正好在舉行祭祀，手邊弓箭或刀劍等武器一件也沒有。你說那他們帶著什麼？說來也奇怪，那些傢伙舉行祭祀，需要的是馴養的鳥與鋤頭。

女人們對鳥群下令，男人們翻土鋤地。

你們聽了也不懂吧？但他們說那就是在行祭祀之事。我還記得族長的兒子笑了，說簡直跟農民沒兩樣。然後那傢伙一聲令下，說「統統殺了」。

我拉緊弓弦。箭啪的一聲飛出去，劃出弧線，射中了識風之民的腦袋。

這就點燃了開戰的狼煙。

那些傢伙手上沒有像樣的武器，就只是在翻土而已，要殺死他們易如反掌。就像是追著受傷的鹿到處跑。

等到一切都結束了，我才發現那時的擄掠行徑，是我這輩子做過最泯滅人性的行為。

我殺害那些被尊為神官的傢伙，心裡沒有半點遲疑。下手甚至比平常更狠。大概是說了半天，要殺害神官還是有所畏懼吧。也許是怕留了活口，他們會祈求上天懲罰我們。

我們把成年男子全殺光了。女人只留年輕姑娘。小鬼當成奴隸賣掉，他們養的鳥成了我們的晚飯。

聽了讓人作嘔對吧？但是，我們就是下手了，甚至是殺紅了眼。

所以，那時我沒注意到。

那時有一隻反應遲鈍的鳥，我們都在搶東西了還在地上啄來啄去。我沒放在心上，一刀將牠刺死。後來我才知道，牠那是在吃掉災厄的種子。

後來，我們的部族更是變本加厲，肆無忌憚。族長的兒子強占了識風之民的姑娘，姑娘有了身孕。就在那姑娘懷了第二胎的時候，災厄來臨了。

黑壓壓的影子淹沒了平原。看到那片像是用木炭亂塗一通的黑影，起初，我還以為是不合時節的雨雲。

耳朵裡嗡嗡作響。家畜們躁動不安。孩子們不安地互相依偎，女人們緊緊抱住這些孩子。

有個男的騎馬說要去看看情形，半晌之後狼狽萬狀地逃了回來。不只衣服，連皮膚與頭

髮等都傷痕累累。馬激動地亂蹦，我們費了好大一番工夫才讓牠靜下來。看到像是被某種東西連皮帶肉咬下的傷口，我問是什麼東西襲擊了他。

看你們這副表情，想必是已經猜到來的是什麼了吧。不過，還是認真聽我說吧。我講的這些事，村子裡那些傢伙根本不信。因為這數十年來，從來沒來過那麼大的**禍事**。

不用等我們細問探子了。

那些東西立刻就飛到了我們的野營地。是蟲子，數不清的大量蟲子。就是飛蝗。

震天動地的振翅聲，加上刺耳難聽的咀嚼聲。漆黑的噪音襲向氈包。

正在吃草的綿羊都嚇得四處逃散，狗群恰如喪家之犬一樣，除了吠叫也別無他法。

男人們狼狽難看地拿刀亂揮，好像不知道再怎麼揮也打不掉蟲子。但是拿著火把亂揮更是大錯特錯。渾身著火的飛蝗們直接飛向其他男丁，引發了更大的慘劇。

我驚惶無措，只會一個勁地踩扁掉在地上的飛蝗。每隻不過是約莫二寸的飛蟲，但是同時，我們等於是在巨大蟲腹裡被消化。

我們把女人小孩藏在氈包裡，但飛蟲從隙縫不斷鑽進去。小鬼頭都在氈包裡哭叫，做娘的也開始尖叫，根本沒法安撫他們。她們咒罵沒法對付飛蝗保護家人的每個男人。這些被強擄來當老婆的女人，事到臨頭都把真心話給說出來了。

蟲子們光吃草還不滿足，把我們的糧食也吃盡了。

不光是小麥、豆子與幾種蔬菜，連肉乾都啃。氈包到處都被咬出洞來，等蟲子飛走後，只剩下一群喊累了的人與無數蟲屍。

所有東西都被吃光了。家畜也跑了。

我們勉強抓到馬匹，前往村子想弄到糧食。我們向來以強盜為業，所以選的都是還沒被認出來的人。選是選了——

但才一靠近，他們就用弓箭射我們。萬萬沒想到他們竟然看都不看來者是誰，就直接放箭。我丟下來不及逃命的夥伴。他伸手向我求救，但我無能為力，只能轉身就跑。

後來回頭一看，村民把我們的夥伴與夥伴騎去的馬都拖了回去。

仔細想想就知道了。遭受飛蝗襲擊而苦於飢餓的，當然不會只有我們的部族。

只希望被我拋下的夥伴能死得痛快。雖然我也覺得屠殺了神官部族的我們，現在才來向上天祈求也不濟事。

食物沒了，我們宰殺了所剩不多的家畜。也曾經喝加了雜草增加分量的湯喝到腹痛下痢。飢餓難耐的孩子們吃了掉在地上的飛蝗，結果一個孩子死了。不知是飛蝗有毒，還是因為小孩沒把腳拔掉再吃。大夥兒食不充飢，都瘦得只剩皮包骨。糧食一不夠，就從那些身子骨比較虛的開始死起。

更別說孕婦比別人更需要滋補，日漸衰弱是可想而知的事。
族長嗣子的夫人日漸消瘦，只有肚子是鼓的。縱然身分地位再大，在那場慘劇之後一樣吃不到什麼像樣的東西。第一個孩子抓著母親不放，只能吸手指減輕飢餓。
第二胎成了死胎是不言自明的事。
族長的兒子目睹自己第二個孩子的死，傷痛欲絕。而他分娩後奄奄一息的妻子，又進一步地譴責咒罵。
他那妻子撐著虛弱的身子罵道：
「是你們妨礙了祭祀。再也沒有人會舉行識風祭祀了。草原民族將會永生永世，受到蟲害威脅所苦。」
原來在族人同胞慘遭殺害，自己被擄來的這數年間，她一直把這些話憋在心裡。女人高聲狂笑，抱著死去的娃兒與消瘦的孩子斷了氣。
正如女人所說，之後事情傳開了，說這場災厄的原因是我們部族妨礙了祭祀。
我們的部族，成了草原民族共同追殺的敵人。
雖然只能說是自作孽不可活，但我們還是貪生怕死。
我們吃草，吃蟲，有時殺人，有時被殺，不斷逃跑。
有個男的餓極了，就吃了族裡死人的肉。這樣還不滿足，人沒死竟也想殺來吃。我之所以沒了左眼，就是因為有個傢伙對我放箭，想把我吃了。我當場把箭拔掉，反過來殺了那傢伙。

我不想吃人也不想被吃，就逃走了。但逃走了也無法可想，餓得漸漸失去了生氣。所以最後我耐不住餓，竟被麥粥的香味吸引著進了城。

那是領主在放粥濟民，雖然那粥淡而無味到了與家畜飼料無異的地步，我卻覺得是人間美味。

滿臉眼淚鼻涕、骯髒不堪的我，就這麼被衛兵逮住了。似乎是城裡有個居民，認出我從前是個盜賊。我已經無力抵抗，甚至覺得進到牢裡有飯吃就好。唯一令我期待的，就是在受絞刑之前還能吃上多少頓飯。

但是，我後來沒受絞刑。

取而代之地，我被砍斷了拉弓所需的手指。然後，我就成了農奴。想到自己幹下的壞事，我到現在都覺得這樣處罰實在是太寬宏大量了。

關於識風之民的祭祀，領主也知情。識風之民長年進行那種莫名其妙的祭祀還不至於餓死，是因為有領主的庇護。人家告訴我，我以為莫名其妙的祭祀其實是有意義的。

咦，問我領主是誰？就是今已亡故的戌字一族，你們可曾聽說過？在那個時代啊，玉袁那個一步登天的傢伙還不知道在哪兒咧。

戍字一族，知道識風之民的祭祀具有何種意義。所以領主把我們農奴安排到各地，讓我們來代替識風之民。

遺憾的是，農奴只會耕田。

戍字一族似乎不知道他們還會操縱鳥禽。我手邊有的，頂多也就是雞了。

我只能用殘缺不全的方式行祭祀之事。

妳說得沒錯。人家讓我活著，只是為了讓我舉行祭祀。也就是名為農奴的牲禮。

而這兒就是咱們牲禮建立起來的村子。我家隔壁那間廟，是用來祭祀被我們所殺的識風之民。也就是說我賠上了渺小的一輩子，來償還殺害神官、喚來災厄的罪過。只是看在旁人眼裡，一定覺得怎麼想都賠不起吧。

不過嘛，這也只到十七年前為止。

隨著戍字一族的消亡，農奴們也都擅自逃亡了。其中也有些蠢材回去靠擄掠財物維生，畢竟本來都是些莽漢嘛。喔——看妳這反應，似乎是已經碰到過盜賊了。我如果看到他們，搞不好還認得出來哩。

咦，問我為什麼選擇留下來？

那還用說嗎？當然是因為我不想再被飛蝗亂啃了。

我真的受夠了……

好了，絮絮叨叨的往事就講到這兒吧。
有什麼要問的嗎？

九話　祀與祭

念真似乎口渴了，把溫溫的山羊奶一飲而盡。
貓貓、馬閃以及羅半他哥也都沉默不言。
（情報比想像中多得多了。）
得在腦袋裡整理一下情報才行。貓貓雙臂抱胸。
大約在五十年前，念真等人的部族滅了識風之民。後來過了幾年，發生了嚴重蝗災。
念真認為是因為不再有人行祭祀之事，才會引發嚴重蝗災。
使得念真必須成為農奴，代替識風之民終生進行祭祀。
簡單來說大概就這樣了吧。
（進行祭祀，需要翻土犁地？）
貓貓聽得還不是很明白，但有一名人物會過意來了。
「叫你念真大伯就行了嗎？總歸一句話，你在做的事情就是秋耕吧？」
「丘更？」

貓貓與馬閃偏了偏頭。沒聽過這個詞。

「秋天的秋，耕作的耕。也就是在收穫作物之後，大多都會在秋天耕田。」

「這樣做有什麼好處？等到要種植作物之前再耕作不是比較省事？」

馬閃提出質疑，貓貓也持相同看法。

「就我所知，那樣做是為了翻耕土地並掩埋稻稈等物以改善土壤，同時驅除埋在土裡的害蟲卵。」

貓貓耳朵跳了一下，二話不說就揪住羅半他哥的衣襟。

「請您再說一遍。」

「咦，呃，就是把稻稈埋進土裡……」

「我沒在問這個！」

「那是說驅除害蟲了？」

「對！」

貓貓用力前後搖晃羅半他哥。

「喂，快住手。他好像不能呼吸了。」

馬閃過來阻止，貓貓這才把羅半他哥放了。

「好痛……什麼事情這麼稀奇啊？不就是尋常農活之一嗎？」

羅半他哥一副誰都該知道的神情。

「世上沒幾個農民像您這麼務實啦！」

「……啊，嗯，是……這樣嗎？」

羅半他哥露出心情十分複雜的神情。看來是雖然被稱讚了，卻很難接受。

「說得對。看這村子就知道了。很多人空有知識，卻無心實行。而知識不實際運用，就會失傳。」

念真插嘴道。

貓貓深能體會念真所言。羅半他哥說過，這村子裡有心認真種田的就只有念真了。

「可否問個問題？這村子裡的人有心栽培麥子嗎？總覺得大家好像都在偷懶。」

貓貓借用羅半他哥說過的話。

「……看在你們幾個外人眼裡也這般明顯？」

「很明顯。因為只有您的田比其他人漂亮多了。」

（內行農民是這麼說的。）

「……沒漂亮到哪去。只不過是想提升收穫量，自然就弄成那樣了。只是從沒想過自己有一天會變得這麼腳踏實地。」

「我看也是。」

馬閃很不給念真面子。照這個武官廉潔奉公的性情，即使已經是五十年前的事了，他對這個作惡多端的凶徒態度依然冷淡也不是不能諒解。說不定還覺得刑罰下得太輕。

貓貓也不是沒有過跟馬閃相同的想法。只是她也知道，處罰犯人並不能帶來什麼益處。至少就是因為念真還活著，他們才能聽到這些事情。

（陸孫是從哪裡得知這個老先生的事情？）

比較大的可能性，或許就是像貓貓這樣來到近處，又像羅半他哥一樣看到田地才循線覓得此人？

又或者，是從西都的哪個人打聽來的？

念真是被束縛於農地長達五十年的罪人，而且也早就脫卸了農奴的身分。她不認為被派遣至西都時日尚淺的陸孫會聽說過此人。

與其想東想西不如直接詢問。

「那位名叫陸孫的先生，是知道祭祀一事才來到這村子的嗎？」

「是啊。真沒想到竟然還有人知道祭祀一事，就連這兒的領主都不知情了。他說是一個熟人告訴他的。」

念真放下喝乾的碗，在看了都嫌硬的床上換個坐姿。

「……連領主都不知情？那個，您說的是玉袁國丈對吧？」

念真在講述往事時，曾經說過玉袁是一步登天的領主。

「噢，是我講得不夠清楚。我說的不是他。沒錯，領有整個戌西州的是那什麼玉袁國丈。但是，這附近地方是歸他兒子管。」

「兒子？」

「讓我想想，名字是……好像說是玉鶯還是啥的。」

看來這個曾經當過盜賊與農奴的老頭兒，對領主並沒有半點敬意。貓貓是不在意，但馬閃似乎很不滿意他的這種態度。好吧，最起碼他沒撲上去揍人就不錯了。

「我感覺玉鶯大人在這村子，似乎滿受到愛戴的。他施行過什麼德政嗎？是否與祭祀有關？」

「跟祭祀無關啦。受人愛戴是當然的，領主老爺就算收成不好也不會怪罪農民。反而心胸寬大得很，農民沒飯吃了還會散財救濟咧。搞不好比認真幹活日子還好過。」

「啊，那真是教人羨慕。」

羅半他哥忍不住脫口說道。

「領主老爺可是慈悲為懷啊。也有很多人覺得當農民比較快活，就放棄遊牧選擇定居了。」

念真嘴上這樣說，口氣卻顯得很不屑。

「如果領主真有這麼慈悲為懷，應該會更認真地舉行祭祀吧。」
羅半他哥輕敲了一下空碗。
「就像我剛才說過的，現在的領主不懂什麼祭祀。就連戌字一族，也都不知道祭祀的詳細內容。我現在照吩咐做的，不過是模仿祭祀已知的部分罷了。」
「……而您說的祭祀，其實並不是祭神祀祖，而是防範蝗災的對策對吧？」
「沒錯。那是我們這些農奴得來保命的營生，不想做也得做。其中也有些傢伙幹不下去，不是開溜就是偷懶，但上頭只是網開一面饒我們不死而已，所以那些人都被直接絞死了。一想到不耕田就得死，誰都只能發瘋般地賣力幹活不是？」
念真過去的所作所為罪該萬死，有這種下場是應該的。
「過了十年，農奴開始能夠以田裡的收穫得到錢。儘管少得可憐，但能夠積存點錢仍然意義重大。我想是因為這兒鄰近西都，所以種田所得也就比較豐厚吧。講起來很單純，這麼點錢就能提升大夥兒的幹勁，讓我們開始思考如何才能讓作物長得更好，以及減少病蟲害。我開始養雞也是因為翻土耕地時，雞可以幫我吃掉跑出來的蟲子。」
家鴨聽到這件跟自己無關的事情，「呱」地叫了一聲。
「識風之民役使的鳥不是雞，對吧？」
「不是，他們養的不是雞。雞不適合過著逐水草而居的生活。」

「不是雞？那麼……」

馬閃露出嚴肅的神情。

「是家鴨吧！」

「是才怪咧！」

羅半他哥立刻大叫。被吐槽得這麼快，馬閃皺起了眉頭。

「家鴨會吃蟲子啊。只要比雞大，不就能吃更多蟲子嗎？」

「家鴨性好傍水而居。在這麼乾燥的土地不可能長得大。」

「別這樣一口否定啊。就算是家鴨也有可能努力長大的。」

馬閃指著家鴨說。

「我可從來沒看過會努力奮鬥的家鴨！」

馬閃的心思已經完全偏向了家鴨。腳邊的家鴨顯得得意洋洋地挺起胸膛。

「很遺憾地，也不是你那什麼家鴨。我當年是頭一次看到那種鳥。」

羅半他哥露出「我就說吧」的表情。馬閃快快不樂地摸摸家鴨。

「識風之民的祭神儀式缺的就是鳥。我想那些鳥的用途不是吃蟲子，而是把蟲子找出來。這麼廣大的草原，誰也不可能知道蟲子在哪兒。識風之民八成就是因為知道那種方法，才能得到戌字一族的庇護吧。」

而後有個部族斷定識風之民的祭祀為迷信而將其殺盡，罪人存活下來就成了農奴。
「啊，能讓我回去幹活了嗎？還有一堆事情等著我做哩。」
念真「嘿咻」吆喝一聲站起來。
「是。雖不知道您還有什麼事要忙，能否讓我們也來幫忙呢？」
貓貓沒經過馬閃與羅半他哥的同意就問了。
「來自西都的客人好奇心都這麼強啊。那個叫什麼陸孫的，也跟妳說過同樣的話。雖然幫了我一個大忙就是。如今當過農奴的就剩我一個，之後來到村子的傢伙都只照顧自家的田地。我連那些離開的傢伙的田一起耕種，但一年比一年吃不消了……」
念真恐怕已經年近七十。殘生將盡，卻繼續幹活。
（雖然他做過的事十惡不赦……）
但貓貓看著念真的步伐，覺得那雙腳上彷彿套著看不見的枷鎖。
後來的兩天期間，貓貓等人都在幫念真下田。
他們以鋤頭鬆土。翻開含水的土壤，除了蚯蚓、螞蟻或小甲蟲之外，還會找到細長的塊狀物。仔細一瞧，裡面是整串更小的蟲卵。
雞先是啄食蚯蚓，接著再啄食卵莢。馬閃的家鴨也跟著用喙戳地。

（飛蝗的蛋啊……）

本來想數數看十畝之間大約有多少蛋，但沒那麼多閒工夫。貓貓一找到雞啄漏了的蛋，就拈起來放進甕裡。

（這應該算多吧。）

都黏成一團一團的了，怕蟲子的人看了大概會崩潰。縱然是慣於肢解飛蝗的貓貓，看了也不舒服。

羅半他哥這個內行農民首先拿鋤頭的彎腰姿勢就不一樣，馬閃則是力大無窮。兩人翻耕的泥土量非比尋常，幹的活是貓貓的數倍。

（幸好馬閃願意認真幫忙。）

本來還擔心如果他以武人不下田為由拒絕該怎麼辦，幸好壬氏對蝗災的擔憂似乎發揮了效果，馬閃沒多說什麼就幫忙了。更何況比起飼養家鴨，這項差事說不定還比較輕鬆。

多虧於此，從西都帶來的護衛與農民等人也都過來出一份力。也許今天之內就能把土地都翻過一遍。

附帶一提，雀在眾人翻耕過的地方跳來跳去，收集飛蝗蛋。背後還跟著兩個小孩。正是吃過烤甘藷的那對兄妹。似乎是覺得只要幫忙就能再拿到甘藷。

「貓貓姑娘貓貓姑娘。我撿到好多喔，妳要看嗎？」

「雀姊雀姊，我不想看。如果是螳螂的卵鞘再拿給我。」

螳螂蛋可作為一種稱為桑螵蛸的藥材。能採集到的數量不多，還算珍貴。

「這些蛋都快孵化了，有些小隻的跑出來。貓貓姑娘，妳要看嗎？」

「春天到了嘛。別拿給我看，很噁心。」

飛蝗一個世代的壽命大約三個月，書上說牠一次能生大約一百顆蛋。這是她從子字一族城寨裡那些典籍看來的。生於春天的幼蟲到了夏天能再下蛋。

（早知道就請人把子字一族的典籍帶來了。再把藥典也一併帶來。）

情報是多多益善。

飛蝗也不是終年都在繁殖。像現在，就是秋天產的卵孵化的時節。秋耕這名稱取得可真好，產在土裡藏好的蛋要是暴露在地面上，就只能淪為鳥類或小動物的食物。

（之前羅半好像有說過？）

記得他說這叫鼠算。

一雙老鼠夫妻生下十二隻小鼠，總共十四隻。假如十二隻小鼠當中有六隻是雌鼠，再加上老鼠母親就總共有七隻，每隻再各生十二隻。

當然，這個算式終歸只是紙上空談。老鼠不會每一隻都活下來長大。

但是，假設飛蝗的增加方式跟這鼠算相同，那麼搶在初期階段減少數量就成了一件重要的事。

（一團飛蝗蛋是一百隻，十團就是一千，百團就是一萬。）

趁現在清除掉，等於減少之後好幾倍的飛蝗。

據說飛蝗，會在溼氣較重的土地下蛋。

（所以有河川流經，又有茂盛青草作為食物的這附近一帶就是最恰當的產卵地了，是吧？）

故意沒開墾田地，想必也是為了誘導飛蝗。

假設戌西州有好幾個村子採用此種結構，現在不曉得還能發揮多少作用。

念真拿著裝了飛蝗蛋的甕來到貓貓身邊。

「再來把這些燒掉就成了。」

「那真是太好了。」

「是啊。去年這事做得太慢，讓很多飛蝗逃了。」

記得這個村子的農民也說過，去年的蟲害很嚴重。

「收穫量相當少嗎？」

念真點點頭。

「只剩我們自己裹腹的份，沒多餘存糧，一繳稅就要餓死了。那樣的話也就沒多餘銀錢向行商買日用品，八成會搞到要變賣家畜吧。」

「可是，領主不但免除稅金，還用錢賑災？」

「是啊，好偉大的領主老爺啊。」

念真又一次不屑地說了。

「什麼事情令您這麼不滿意呢？總覺得聽起來口氣帶刺。」

貓貓決定開門見山地問。

「雖然輪不到我這個幹過盜賊的人來說，但人就是貪得無厭。那些不斷伸手的傢伙讓我覺得就跟飛蝗沒兩樣。不想餓肚子的話，好好種田設法餵飽自己就是了。現在卻搞到不用認真下田，歉收的話還能拿到銀錢。假如比起一板一眼地費勁耕田，人家大方給妳更多銀錢，妳會怎麼做？」

「所以，這就是這個村子沒人要好好照料田地的原因嗎？」

「妳說對了。去年的蟲害也是，那些傢伙竟然只會愣愣地看著自己的田被飛蝗吃掉。村長滿腦子就只想著要用什麼話去哭訴，好讓領主老爺可憐我們。把啃咬葉子的飛蝗一隻隻扯下來弄死的我反而像個傻子。」

也許是過去的恐怖蝗災，改變了念真。實在無法想像一個惡貫滿盈的前盜賊居然會這麼做。

（不，這樣想不對。）

大概念真天性就是認真吧。是因為在賊窟裡出生長大才會修習弓術，然後聽從上頭的命令開始殺人罷了。

倫理道德並非與生俱來之物。

「從目前村子的氣氛來看，去年似乎拿到了不少銀錢呢。」

「是啊。這十幾年來，都是如此。就算歉收也有領主老爺救援濟助，真是大夥兒的好領主啊。」

（好領主是吧……）

但這救助金是從哪裡來的？是從貿易所得籌措的嗎？既然西都是那般的繁榮昌盛，也許會有多餘銀錢拿來濟助農村？

「反正都是開支，我倒覺得挖條溝渠什麼的更有用。」

省了運水的勞力，就可以多做些不同的活，也能開墾新田。貓貓比較希望領主能出錢開挖溝渠。

「那個叫陸孫的男人也說過一樣的話。」

「是嗎？」

等回到西都，得弄清楚陸孫是從哪裡得知這個前農奴的存在才行。

「話說回來，不好意思讓你們幫忙幹活還問這個，但你們應該是有其他要事才會來我們村子吧？」

「要事……」

貓貓把下巴擱在鋤頭柄上，閉起眼睛。

「啊！」

貓貓環顧四周。然後她走向不只翻土耕田，甚至開始起壟的羅半他哥。

「您是打算把這兒拓墾成田地嗎？」

「啊！」

（看他一副「糟糕，一時習慣成自然」的表情。）

羅半他哥總是矢口否認，但早就養出了一身農民的習慣。

「話說回來，您沒有要推廣薯類嗎？我以為您帶種薯過來就是為了這件事。」

「……關於這點……」

羅半他哥似乎有他的疑慮。

「這村子裡的傢伙，不是都對莊稼活興趣缺缺嗎？就算我再拿些種薯給他們，妳認為他們會認真栽種嗎？舊田應該不能種新作物，而我也不認為他們會有那份心去開墾新田。」

「的確。」

貓貓也能夠理解。

「所以嘍，我之前才會那麼想見到唯一認真種田的人。」

「原來是這樣呀。」

「可是，我看那個老先生辦不到吧。」

「我也覺得辦不到。」

念真是這村子裡最後一個曾為農奴之人。除了自己的農活，還得進行名為祭祀的秋耕。本來秋天就該完成的作業做到現在都春天了，可見怎麼想人手都不夠。

「能不能留個人下來幫他？」

貓貓看看從京師一道前來的農民。

「……帶來這裡的那幾個傢伙，都是因為我要來才會從京師遠道前來。我怎麼能隨便就把他們留在陌生的土地？那樣太可憐、太教人傷心了。」

「說得也是──」

羅半他哥淨挑這種奇怪的地方發揮大哥本色。要是出生在普通人家就好了，一定會是個好大哥。

「幸好我爹不在這裡。為了逼村民明白薯類的好，我不敢想像他會幹出什麼事來。」

「恕我失禮，我很難想像羅半他爹有那麼激進的一面。」

那位大叔看起來優哉游哉，整個人的氣質跟羅門很像。
「他會如何描述薯類的好呢？」
「會逼大家聽他說花有多美，葉片是什麼形狀，還有藤蔓有多柔韌等。」
「至少也該從薯類本身的美味講起吧……薯類……」
貓貓看看跟在雀背後的兄妹。她放下甕，靠近兩個孩子。
「欸，你們還想不想吃上次那個甘藷？」
貓貓半蹲下來，讓視線與兄妹齊高。
「想吃！」
「想吃想吃！」
兄妹倆眼睛閃閃發亮。
「我從來沒吃過那麼甜的東西。跟葡萄乾一樣甜。」
「葡萄乾？」
「在這附近甜食可是很珍貴的。畢竟這地方沒有蜂蜜，砂糖也要價昂貴嘛。」
雀把大甕頂在頭上，整個人轉一圈。
（比起京師，甜食相當珍貴是吧？）
「……這點，或許可以利用。」

貓貓咧嘴一笑，回去找羅半他哥了。

念真家的後頭挖了個大坑。平時可能是用來燒垃圾的，坑裡留有黑色焦痕。

「您平時都是在這兒燒飛蝗蛋嗎？」

貓貓向念真問個清楚。

「算是吧。蛋不易燃，我都會灑上燃料再燒。」

燃料指的大概就是油，或是家畜的糞便吧。貓貓他們日常使用的木柴或木炭，在這地區都是奢侈品。

「難得有這機會，我想偶爾換個方法來燒……」

對於貓貓的請求，念真露出狐疑的神情。

「這是無所謂，但妳想怎麼做？」

「那邊那個鍋子先借我一下。」

貓貓摸摸放在外頭的大鍋。東西雖然舊但做工紮實，只要刷掉鏽斑應該還堪用。看起來棄置了很久，有一些枯草與死蟲掉在裡面。

「好，隨妳用吧。」

貓貓立刻把鍋子翻過來，用稻草做的刷子刷鍋子。

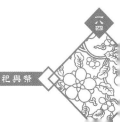

「貓貓姑娘，這給妳用。」

雀從河邊打了水過來，貓貓心懷感謝地拿來用。

「好大的鍋子啊。一次好像能做個三十人份的青椒肉絲。」

「原本會不會是用來賑粥的？」

貓貓與雀面對面洗鍋子。

「那原本是用來給農民做飯的鍋子。都是一次把一天份煮起來。」

「哦哦，那麼原本農民人數很多嘍。」

貓貓已經把念真告訴他們的事說給了雀聽。這個特立獨行的侍女，不管對方是曾為盜賊還是殺過人，似乎都與她沒多大關係。

「那麼，這是盤子嗎？」

雀拿起一只圓形的金屬板。

「那是鏡子。以前擺設在廟裡的。」

祭祀有時會用到鏡子。以前想必擦得亮晶晶的，現在卻滿是鏽斑，失去昔日風貌。

「那就順便把它也擦亮吧。」

雀捲起衣袖。

「好，我一直沒多餘工夫擦它。麻煩妳了。」

以前大概都是農奴們在擦，現在就剩念真一個人，忙不過來。

（不曉得村民知道多少？）

村民把念真當成怪人，但沒表現出什麼排擠厭惡的態度。再加上大夥兒都對蝗災沒什麼警覺心，可能這些村民天性就是優哉游哉吧。

「這村子要是碰上盜賊什麼的，不曉得要不要緊？」

貓貓忍不住嘟噥了一句。

「我想應該不要緊吧——」

貓貓是自言自語，卻得到了雀的回答。

「他們現在是定居一處，但以前是遊牧民，我在倉庫裡看到一些弓箭跟刀劍都保養得很好。再加上地形優勢，盜賊要襲擊他們恐怕也得有膽量吧。」

「難怪會選擇襲擊旅人。」

貓貓恍然大悟。

（不曉得那個嚮導後來怎麼樣了？）

貓貓覺得似乎不該追究下去，但有件事想問清楚。

「雀姊那時為何要充當誘餌？馬侍衛似乎並不知情，月君又不太可能讓咱們去做那種事。」

壬氏目前對於貓貓的人身安全應該相當敏感。之所以有馬閃擔任侍衛，應該也是壬氏關心她的安全。

雀瞇起她的小眼睛。

「我奉命盡量減少這件事的風險。與其不知何時會遇襲，妳不覺得能夠指定襲擊時刻更安全嗎？」

大概是雀個人想到的保全之計吧。

「照一般作法，應該會把危險的事藏起來，讓人家放心才是吧。」

「貓貓姑娘膽量大，我以為選擇合理的手段妳會更喜歡呀。」

「話說在前頭，我要是挨揍會死的。」

「是，我知道。不過，對於妳抵抗毒素的能耐，我可是寄予期待喔。」

雀還真是個把事情看得很開的大姊。

兩人東拉西扯了一會兒，鍋子也刷乾淨了。念真在近旁幹別的活。

「這鍋子要拿來做什麼？」

「把剛才的飛蝗蛋放進去。」

「！」

雀速度極猛地往後退。

「……貓貓姑娘……」

「雀姊，請放心。沒有要吃，我沒有要吃。」

「真的嗎？」

雀的眼神充滿疑慮。

「真的。一看就知道不好吃，而且雖然是我收集的，但真的很噁心。」

貓貓吃過成蟲，但蛋又是另一回事，著實不想碰。

「把油淋在這個上面——」

「炒熟嗎？」

「燒掉。」

「燒掉？」

貓貓拿著鍋子到廟那裡去。雖然只是間磚砌的簡樸小廟，但經過一番清掃布置後可望變得美輪美奐。

「在這裡生個火，不覺得看起來就很像祭神儀式嗎？」

「哦哦。」

「然後，祭神都需要供上佳餚對吧？」

貓貓瞄一眼村子裡那些還在附近晃來晃去的孩子們。可能是聽說甘藷的事了，除了那對兄妹之外又增加了幾人。

「原～來是這樣呀。」

雀笑了起來。看來是弄懂貓貓想做什麼了。

「那麼，布置的事就交給我來吧。」

雀從衣襟抽出了一長串紅色飾帶。

「還得有個臺子來擺鍋子才行，讓我那小叔與羅半他哥也來幫忙好了。」

雀也叫羅半他哥這個稱呼叫習慣了。

由於雀自告奮勇布置祭臺，貓貓只須張羅吃的就好。她借用念真家裡的爐灶做菜。

燕燕的廚藝可與名廚媲美所以讓貓貓相形見絀，但貓貓其實也算擅長下廚。

（下廚與調藥是相同的道理。）

只要結合材料與調味料，做出自己覺得美味的東西即可。

「妳要做什麼？」

念真瞇起僅存的一隻眼睛。

「辦祭典。」

「辦祭典？」

「辦祭典就該高高興興的。所以我要準備好吃的。」

「……是沒錯，但是……」

念真的視線不安地移動。眼睛望向了羅半他哥。

「喂！不要全部用掉啊！帶來的量有限，知道嗎！」

他說的自然是種薯。既然要辦祭典，貓貓決定盛宴款待大家。

「我知道。別多說，快把它們蒸了。」

「就會使喚人！」

羅半哥不停埋怨，但還是把燃料放進爐灶裡。雖然是乾的，但他可能不太願意用手抓羊糞，就用棒子夾著放進去。

「家裡的工具有需要就拿去用。要用到糧食的話，還請晚點付我錢。我生活過得也不寬裕。」

「謝謝老先生。」

「那，我去躺躺。」

念真躺到了粗製濫造的床上。雖然看起來硬朗但畢竟有年紀了，連日下田幹活一定很吃不消。

「我記得甘藷要慢慢加熱才會變甜，對吧？」

「對啦。所以不是用大火烤熟就好。」

（看來不只是農事，可能對薯類料理也知之甚詳。）

反正一定是羅半或誰在思考甘藷的運用方式時，使喚了羅半他哥。羅半他哥看起來對弟弟態度強硬，但基本上就是個老好人。然後又喜歡表面上做做樣子推三阻四，所以愈看愈像是遲來的正常叛逆期。

「我會的菜色沒幾樣，您知不知道有什麼菜色可以用這兒的材料做出來？」

「幹嘛來問我啊！」

「因為雀姊說她基本上只負責吃，馬侍衛又幫不上忙。」

雀煮粥的話好像還難不倒她，但遇到作工繁複的菜色似乎比較喜歡專心享用。

「……不知道。」

羅半他哥把臉扭向一邊，說謊說得很明顯。

「這樣啊……對不起喔，本來想讓你們吃好多好吃的東西的。」

貓貓瞄一眼背後。孩子們從屋子入口的門縫看著他們。不只那對兄妹，另外還有一大群小孩子。

「你們的朋友也來了啊。一定很想吃到好吃又稀奇的東西吧……」

貓貓一邊覺得違背自己的作風，一邊跟孩子們說話。

「咦，沒甘藷吃了嗎？」
妹妹聲音悲愴。
「有得吃，可是對不起喔，我沒辦法煮出太好吃的東西。」
「妳很不會做飯嗎？」
另一個小孩偏著頭。
「好想吃甘藷喔。沒有我們的份啊……」
小孩子聲音悲愴。
「……」
羅半他哥神情尷尬。只見他板起臉孔，先是轉身背對大家，接著大嘆一口氣。然後他轉回來，筆直豎起了手指。
「喂，你們這幾個小鬼。想吃飯就來幫忙，我會讓你們吃到最好吃的東西！」
孩子們發出歡呼。
羅半他哥充滿了長子風範。
（真好騙。）
貓貓一邊作如此想，一邊用筷子戳戳蒸鍋裡的甘藷。

貓貓等人做完菜時，廟裡的布置也大功告成。

廟裡中間放著裝有飛蝗蛋的鍋子。雀巧妙地堆起磚頭，做了個臨時的鍋臺。

樸素的磚砌廟宇裡，各處垂掛著紅旗，燒動物油脂的燈火亮晃晃的。聽見錫錫的聲音往那裡一看，原來是把金屬片用繩索串起來做成了鳴子。風一吹就有樂聲，紅旗隨風飄揚。

用木桶張貼羊毛氈做成的粗糙椅子跟桌子擺在一塊，組成了餐桌。貓貓等人把做好的菜擺到桌上。

等全部布置妥當，太陽已經落到了地平線邊緣。

「究竟是怎麼了？」

不只孩子們，連大人們也跑來了。

看大家都聚集起來了，貓貓把油倒進大鍋裡，用枯草當成引火物放火。

鍋子頓時冒出一團說不清是香還是臭的氣味。在昏黃的天色之下，大鍋成了壯觀的篝火。

「幾位貴客這是在做什麼？」

村長偏著頭。另外還有數名村民跟來。

「讓我來解釋吧。」

馬閃走上前去。旁邊跟著雀，頻頻拿紙條給馬閃偷看。

（還有稿子可念咧。）
幸好村民們沒注意到。
「這個村子，是在很久以前，為了舉行一種祭祀所建立起來的。」
「……是，這我曾聽說過。就是那個不斷翻挖地面，莫名其妙的祭神儀式對吧？如今還有這習慣的只有念真了。」
村長回答道。
「正是。你們一定不明白那祭祀代表的意義吧。這次我們來到此地，就是為了補充闕漏，讓祭祀習俗以完整的形式傳遞下去。」
（真是能言善道。）
馬閃只是在念臺詞，但被篝火後光在背後一襯托，看起來竟有幾分神祕莫測。雀也準備周到，似乎從寫了好幾張的稿紙裡，配合村民們的反應選出適合的給他念。
（真是深諳運用小叔之道。）
家鴨會礙事，因此現在讓羅半他哥抱著。因為要是讓牠在馬閃背後走來走去，肅穆的氛圍就少掉幾分了。
羅半他哥用手肘頂頂貓貓。
「喂，他說的那些，是真的嗎？」

他小聲向貓貓問道。由於戲臺設計得好，這兒又多了個上當的男人。

「腳本就寫成這樣了。請努力配合著演。」

「咦，都是假的？」

羅半他哥臉上寫著：「你們來真的啊？」

沒理會貓貓他們的對話，馬閃他們與村民繼續談下去。

「……是這樣啊。所以各位想在我們這兒祭神就是了。不過，小老可否問個問題？」

村長詢問馬閃。

「什麼問題？」

「只有念真一個人需要負責這項祭祀，對吧？我們從未聽說過這事，當時的領主老爺只說要我們移居至此。」

鍋子裡傳出爆裂的啪滋聲。

換言之就是要舉行祭神儀式無妨，但他們沒有意願舉行儀式。臉上寫著「別把麻煩事塞給我們」。

雀稍微停止動作，邊想邊把稿紙拿給馬閃看。

「我明白。祭神儀式不是非得由你們來做不可。」

馬閃望向貓貓這邊。雀躲在馬閃背後輕快地闔起一眼。

「但是，後果你們承擔得起嗎？」

馬閃指著貓貓所在的方向。這也是雀下的指示。

（丟給我來想啊——）

意思就是接下來請貓貓繼續掰。真會強人所難。

（我哪裡知道要說什麼啊！）

不得已，貓貓只得走上前去。她一步一步慢慢走，靠近大鍋。

（有沒有什麼好點子，有沒有？有什麼正好拿來演戲唬人——）

貓貓雙手放在胸前，在懷裡摸摸找找。她沒雀那麼厲害，但胸襟裡也放有生藥與針線等物。她一面放慢腳步，一面思考臨場演出的腳本。最後站在大鍋前面，低下頭去。

「此火乃是將祭品獻給神明的聖火。上古時代曾以活人獻祭，但傳說中神明曉諭，表示不要活人。」

她借用曾在後宮盛行一時的話本對白。話本裡的遣字用詞更誇大，但她記不得那麼多了。

「土地神是鳥的化身，百姓決定以牠們喜歡的東西代替供品獻祭。」

在小屋裡入睡的雞映入她的眼簾。

「忽然冒出這麼個土地鳥神，但我們已經有放牧之神……」

「什麼，你們都已經定居在這兒了，到現在還在信仰以前的神明啊——？」

雀假惺惺地講話刺激對方。

「說不定就是因為這樣，這附近地方的麥子才會長不好喔。這兒麥子的收成是不是一年不比一年？我看八成是因為你們不敬拜土地神，卻賴在這塊土地上不走吧？」

村民們開始竊竊私語。

麥子收成變差八成是真的。照他們那種混水摸魚的栽種方式，會從土質開始惡化起。不同於水稻，麥子必須在良好的土壤栽種，否則會愈種愈瘦弱。

（似乎快成功了？）

然而——

「應該只是土地變貧瘠了吧？更何況你們嘴上說的神，到底是不是真有其事啊？」

年輕村民出言反駁。

（對神明再有敬意一點啦！）

貓貓把自己的事情撇到一邊。

「現在才來說什麼神，有什麼意義？」

「就是啊，反正收成不好，寬大為懷的領主老爺也不會怪罪下來。」

「說得對。比起沒個影子的土神，還是心地善良的領主老爺比較可靠。」

眾人異口同聲地說「是啊是啊」。

（嗯，說得也是。眼見為憑嘛。）

貓貓也早就知道會這樣了，沒辦法。但是既然要做，就要做到底。

「呵呵。」

貓貓低頭發笑。

「有什麼好笑的？」

「沒什麼，不過各位從剛才到現在似乎一直沒搞清楚狀況，那我就再說一次吧。『祭神儀式不是非得由你們來做不可』。」

她重複一遍馬閃的臺詞。

貓貓依然背對著村民們，在懷裡摸摸找找。同時還得留意不要被村民們看見手上的東西。

（我找找……就在這裡。）

然後，她大動作地把手往上一揮。

大鍋裡爆出一團火球。

「快、快看那火！」

紅色的火焰變成了黃色。

「怎麼會這樣！」

（真是令人懷念的把戲。）

貓貓的懷裡有生藥，以及消毒用酒精。除此之外，還有剛才做菜時用到的碎鹽塊。雀說過鹽在此地是高級品，所以貓貓帶了一些在身上。

這把戲，在以前後宮那場事件就要過了。把鹽放進火裡燒，火焰就會變成黃色。

「各位難道沒看見神明的旨意嗎？」

貓貓拿起擺設在廟裡的鏡子。雀似乎已把表面擦過，但看起來只是隨便磨掉鏽斑。

（不過這樣剛好。）

貓貓把酒精滴在上頭，從大鍋中取火點燃鏡面。這次換成藍綠色的火焰隨之飛舞。

貓貓回過頭來，臉上浮現虛情假意的笑容。

「看來神明是既憤怒，又悲傷。」

銅鏡被火燒熱了，於是貓貓把它放在大鍋旁邊。

村民們看到火焰變色，群情譁然。

「話說回來，各位方才表示不願參加祭祀……」

貓貓看看放在木桶上的菜餚。

「看來今晚飯菜似乎做得太多了。趁還沒涼，大家不妨一起來吃吧？」

「太好了——」

孩子們高舉雙手。讓人幫忙卻不給吃就太過分了。

大人們雖對火焰的變化感到詫異，但似乎仍對從未見過的菜餚起了好奇心。就在眾人眼睛轉向菜餚時，貓貓戳了戳雀。

「請別把難題丟給我。」

貓貓長吁一口氣。坦白講，她出了一身冷汗。

「我相信貓貓姑娘的話一定辦得到。」

雀大言不慚地說得事不關己，咧嘴一笑，就去參加大餐的爭奪戰了。

（但願一切順利。）

貓貓覺得累壞了。她決定把剩下的事交給雀他們去忙，自己先回氈包休息。

十話　結果報告

滿室盡是芬芳茶香與點心的甜香。

茶會主人的肌膚有如嬰兒一般光滑，嘻嘻哈哈地歡鬧說笑。

看到這裡，誰都會想像成幾個年輕姑娘在開茶會吧。

但是，實則不然──

「小姑娘，妳回來嘍──」

茶會的主人是個大叔，而且還是宦官。

其實就是庸醫。陪他聊天的是天祐，邊隨聲附和邊吃紅棗乾。李白站在牆邊擔任護衛，但可能是閒得發慌，手裡拿著核桃想偷偷剝殼。

（那不是我們帶來當成生藥的核桃嗎？）

貓貓抱持疑問的同時，先跟庸醫打招呼再說。

「小女子回來了。這兒越來越有藥房的樣子了呢。」

以玉袁別第廂房重新布置而成的藥房，各項器物漸漸充實了起來。後來又追加了櫃子與床舖等，還搬來了屏風。
由於貓貓等人去了一趟農村，因此大約有十天不在藥房。庸醫等人其間似乎一直都有好好當差。
「我們也替小姑娘的房間多擺了些家具唷。還是原本那個房間沒變。」
「是，謝謝醫官。」
記得十天前房間裡只有一張床。如果有增添桌子與書櫃什麼的就太好了。
「小姑娘留下的行囊我們都沒碰唷。只是，因為房間裡實在太冷清了，我稍微給布置了一下。現在住起來應該舒服多了！」
庸醫莫名地充滿幹勁。也就是說他太閒了，還有那工夫去重新布置貓貓的房間。
「沒鬍子的小叔啊，重新布置房間時可賣力了。」
天祐一如往常地露出輕浮的笑臉。貓貓有種非常不好的預感。
「一切都還好嗎？」
貓貓放下行囊，邊問邊打開新搬進來的藥櫃抽屜。許久沒嗅到的藥品特有的芬芳令她心神舒暢。
另外，她已經從馬閃那裡要到了海馬，晚點想來調製些藥品。
「嗯——沒出什麼事呢。就跟平常一樣，去為月君看診，偶爾再來幾位病患……」

「大多就是患了風寒。這地方寒暖不定，所以有幾個人坐船弄壞了身體，就生病了。」

天祐可能是聽庸醫優哉游哉的講話方式聽得不耐煩了，從旁插嘴。貓貓也想聽比較簡潔的說法，於是一面確認藥的庫存一面看著天祐。

「有個人被蠍子螫傷，但沒有大礙。聽說是當時身旁有個人，一看他被螫就做了處理，所以傷患雖然一直哀叫，但應該不會危及性命。」

天祐轉述他人的講法，大概是因為他對這個範疇生疏吧。庸醫更不可能懂這方面的醫術，所以可能是有人特別懂蠍毒。

「是不是有人對蠍毒特別熟悉？」

貓貓從櫃子裡取出千振，撕一點下來舔舔。味道苦到讓人後悔不該舔，藥味十足的感覺讓貓貓非常喜歡。

「蠍毒在這地方不稀奇，連食堂裡的大娘都知道怎麼處理，跟我們說了。還不忘傻眼地說『你們這樣也算醫者嗎』。」

「嗯。聽說在西都啊，還會把蠍子裸炸來吃呢。多可怕啊。」

庸醫的眉毛垂成了八字形。

「那可一定得去嚐嚐才行！」

貓貓頓時變得眉飛色舞，把取出的甘草放回去。她還想查查路上採得的草是不是生藥。

「什麼？我可不敢……」

庸醫邊發抖邊搖頭。

貓貓見兩名醫官都是這副樣子，心想那大概沒問題了。她有點想再跟各類藥品嬉戲一會兒，但仍依依不捨地決定回自己的房間去。

「那麼，我去把行囊擱下。」

她走上樓梯，進入第一個房間。一進去她就知道天祐方才在笑什麼了。

「這什麼鬼啊……」

本來應該是個空無一物的樸素房間，如今床舖卻掛上了櫻花般的粉色布簾。以蚊帳來說可愛到了極點，表面各處還繡了圖案。房間裡設置的桌子也蓋了塊繡花桌布，椅子上擺了運用鉤花針法的西式坐墊。

窗戶也掛了鉤針花樣的窗帘，牆上掛著花朵圖案的掛毯。一股薰香味傳來。這種花香味對貓貓來說可愛過頭了。豈止如此，到處還撒滿了乾燥的薔薇花瓣。

「……」

貓貓渾身發抖，巴不得立刻把這些陳設都收了。但是，兩眼閃閃發亮的庸醫就在她背後。他用期待的眼光望著貓貓。

「呵呵，那個鉤花很好看吧。是行商推薦我的，說是最適合年輕姑娘了。」

哪有什麼年輕姑娘，就是貓貓而已。況且以年紀來說，都快成老處女了。

「小姑娘，妳還喜歡嗎？」

庸醫的一雙大眼睛不肯放過貓貓。

「……嗚……」

貓貓臉孔抽搐，肩膀就這麼無力地下垂。

後面跟著滿臉同情的李白，以及只顧著笑的天祐。總之貓貓決定在晚膳上茶時給天祐來杯千振茶。

用過晚膳，貓貓回到房間。她已經對天祐報了仇，心裡舒坦了一點。喝到千振茶的天祐，臉孔扭曲的程度平時難得一見。

（沒什麼，就是藥啦，藥。）

千振這種藥草，在煙花巷會摻進眉黛膏裡使用。據說可治療脫毛。除此之外，也可治消化不良、下痢與腹痛等症狀，但因為太過難吃，在宮廷裡的藥房很少用到。

那麼帶來是給誰用的呢？原來世人更喜歡拿它來治療脫毛，而非健胃整腸。

（偶爾真的會有人來問頭髮的事呢。）

當然，貓貓不像庸醫，會替病人保密。但她可沒說不會順道拜託對方幫點忙。

貓貓看到房間變得可愛成這樣，長嘆一口氣。冷不防就把房間變回原狀會害庸醫傷心，得一點一點慢慢變回來，不讓他發現才行。

她今天已經懶得動了，打算明日再來動手，正準備換上寢衣時……

就聽見叩叩兩聲。

「請進。」

「夜裡叨擾姑娘了。」

是雀來了。穿的不是在農村時的那件褲子，而是換回了平素的侍女服。

「庸醫叔的出診差已經辦完了，不過侍女們似乎希望妳能去給她們看看。」

雀口若懸河地講藉口。

換言之，就是壬氏在叫貓貓過去。

（十天了啊……）

不曉得壬氏的傷怎麼樣了。不去碰它應該就沒事，就怕他亂抓。

「他急著想問妳農村的狀況呢。」

「我還以為這事有雀姊去報告。」

貓貓以為有雀與馬閃去報告，輪不到自己去說。

「不不，月君向來喜歡廣納意見。立場不同，對事情的看法也會不同的。」

「妳這麼說也是。」

但若是如此，貓貓覺得不如帶羅半他哥過去比較有用。只是不同於貓貓等人，他對壬氏恐怕沒有抵抗力。

（搞不好一句話都說不出來就結束了。）

總之殿下召喚，貓貓不得不從。又得把寢衣換回平素的衣服了。

手持油燈的雀踏著小跳步，讓燈光搖來搖去。火光閃爍著照亮四周。

「入夜的大宅，還真是讓人發毛呢。」

「就是呀。」

貓貓想起了在後宮當差的那段時期。有宮牆上起舞的嬪妃，還有鬼怪故事。趁夜外出也不是一次兩次的事了。

「講到這個，聽說這幢宅子會鬧鬼喲。」

雀把油燈拿到了臉孔前面。

「會鬧鬼啊。」

貓貓回得意興索然。

雀好像覺得沒意思，噘起嘴唇。

「怎麼這種反應嘛，貓貓姑娘，妳都不怕嗎？」

「這類故事我有點聽習慣了。」

聽多了就不怕了。無奈雀擺出一副掃興的表情。

「那就姑且聽聽是什麼故事吧。」

「哦，妳想聽嗎？妳想聽對吧，貓貓姑娘？」

雀兩眼發亮。

「這兒啊，會鬧鬼喲。」

「到底鬧的是什麼鬼？」

「到處飛的腦袋。」

「嗄？」

說到腦袋，就只是腦袋。腦袋怎麼可能會飛？

「聽說有飛頭蠻作祟。」

飛頭蠻。記得似乎是一種頭會到處飛的妖怪。

「怎麼，貓貓姑娘，看妳這樣子似乎是不信？」

「那牠現在怎麼沒出現？雀姊，妳一定是在偷偷期待吧？」

一路上也沒碰到類似的東西，兩人平安抵達壬氏暫居的房間。

「啊——真沒意思。」

「是是是，還是辦正事要緊。」

貓貓她們向不知其名的侍衛低頭致意，走進房間。房間的奢華陳設就不多提，水蓮與高順也在房裡。

「失禮了。」

貓貓一面低頭致意，一面窺伺四周。

（這麼少。）

她說的是人數。壬氏應該在內室，但沒看到桃美與馬閃的身影。至於馬良，則是在不在都沒差。雀戳了戳一塊帷幔的後頭，所以大概就在那裡吧。

「桃美正忙著訓斥馬閃。」

水蓮一面準備茶具，一面貼心回答貓貓的疑問。

（不是，我都還沒問出口呢。）

這位精明能幹的侍女，似乎早就看穿了貓貓的心思。

（我是覺得他在視察農村時沒犯什麼大錯。）

她反倒覺得，馬閃比以前成熟多了。儘管途中有幾次令她心驚膽跳，但以他來說應該算有在忍讓了。
「就算再怎麼疼愛，也不能把家鴨帶進房間嘛。」
（原來是家鴨啊。）
弄清楚了原因，貓貓心裡舒坦許多。看來家鴨沒能暫時交給羅半他哥照料。羅半他哥目前仍在農村勸農教稼。
「那麼，小貓。可以請妳把這個拿去給月君嗎？」
水蓮面帶快活的笑容，把放了茶具的托盤端給她。
「讓我來端不要緊嗎？」
高順也點頭表示沒問題。順便一提，這個勞碌命隨從的手裡，握著一根白色羽毛。人不可貌相，對於喜歡可愛東西的高順而言，家鴨想必很有療癒之效。
在場的只有對壬氏的隱情無論知情與否都懂得通融的人，以及自由無束的雀。雀可能是因為在水蓮面前的關係，立正站好不敢像平素那樣慵懶放鬆。
「我這就端去。」
貓貓前往內室。一開門，清涼醒腦的香氣頓時鑽進鼻孔。壬氏平素多燒檀香，但今日似乎是沉香木。
（用的一定是最高級的多伽羅吧。）

沉香木也可作為生藥，所以她很想要，但既然是壬氏使用的香，價錢可能會貴到讓她眼珠子都蹦出來。不能隨隨便便就開口討。

「貓貓妳來啦。」

壬氏面對著書案。案上堆滿書籍，他正在寫東西。

「是。」

貓貓把托盤放到桌上，為他倒茶。由於水蓮已先加了熱水，此時茶葉蒸得恰到好處。貓貓把茶平均地倒進兩個茶碗，拿起其中一碗。

「失禮了。」

她知道水蓮準備的茶不可能下毒，但形式上還是試了試毒。茶葉是經過仔細發酵的上好黑茶，不只生津止渴，還能促進氣血通暢。

「請用。」

「好。」

壬氏放下毛筆，伸了個大懶腰。

「總管身體可還健康無恙？」

「這麼急著講正事？好吧，也罷。就讓妳一邊為孤看診，一邊把旅途中的事說來與孤聽吧。」

壬氏脫掉上衣。以往他要裸露半身時似乎還多少有所遲疑，但貓貓來看診過好幾次之後，他竟也習慣了。貓貓也沒那心思一一去在意，就把纏著的白布條拆開。

「總管布條纏得越來越好了。」

「天天練自然就會了。」

壬氏的側腹綻放著一朵美麗紅花。燙傷的部位已長出了新皮膚。患處呈現鮮紅色，彷彿盛開的薔薇或牡丹。要不是這傷跟權勢之爭有關，貓貓其實也覺得它很美。

（好得差不多了，只是……）

烙鐵的圖案恐怕永遠不會消失了。顏色或許會變淡，但也就是由紅色轉為桃紅罷了。

（啊──真想扒下他的屁股皮貼在這兒。）

她偷瞄幾眼壬氏的臀部。

「最近總覺得，妳替孤療傷時怎麼好像老是看著後面而不是前面？」

「您多心了。」

貓貓替壬氏的側腹塗上藥膏。與其說是燙傷藥，主要療效其實是預防皮膚乾燥。她打算等過一陣子，就再加入些祛斑的生藥。

「嗯，都弄好了。」

再換條新的白布條，壬氏的治療就做完了。也用不了多少工夫。茶依然冒著熱氣，於是貓貓再享用一口。

「果然還是貓貓來弄比較快。」

壬氏穿上衣服後，拿起桌上的茶一飲而盡。貓貓正要替他重新沏茶，「不用。」被他制止了。

壬氏從案上拿起一本書，坐到了床上。

「總管看來公務繁忙。」

「與其說繁忙，其實只是不熟悉。換個土地，要學的東西也多。」

看來這不是壬氏的公務，而是用來給自己學習的。

「報告給孤聽吧。」

看來壬氏打算邊看書邊聽。他是個大忙人，無可奈何。

「該說到什麼程度才好？」

「不用因為馬閃或雀跟孤報告過，就省掉內容。孤想連妳的意見或感想一起聽。」

「那就——」

「……」

貓貓正要開口，壬氏輕拍了兩下床上自己身邊的位置。

「站著說太累了，坐下。」

「那小女子去搬椅子……」

貓貓想去搬椅子過來，但被壬氏抓住了手腕。

「坐下。」

壬氏臉上浮現足以傾國傾城的甜美微笑。本來還以為他今天比較安分，看來也不見得。

貓貓不得已，只得坐到壬氏旁邊開始講起在農村的遭遇。

重新跟人講過一遍，有助於整理腦中記憶。

她講到半路上，遇到盜賊襲擊的事。

講起那些無心務農的農民。

提及識風之民與農奴的存在。

談論戌字一族的問題。

壬氏似乎正在把貓貓所言與另外兩人的意見做比較，反覆琢磨。他一面點頭，一面又好像聽出哪裡不對勁，歪著腦袋。

「我的所見所聞就這些了，總管可有不明白之處？」

「嗯。最令孤在意的，說到底還是識風之民的事。」

「我想也是。據說他們是驅馳於草原的祭祀之民。懂得使喚鳥禽、耕耘大地之道。」

「使喚鳥禽啊……」

看來壬氏在意的部分跟貓貓一樣。

「那鳥指的並非家鴨，這點應該是千真萬確吧？」

「是啊。真是對不起馬閃。」

那隻家鴨，害得馬閃現在正被母親桃美狠狠修理。當初是壬氏命令他飼養家鴨的，大概是對此心懷歉意吧。

另一方面，壬氏似乎也是想在看診時支開馬閃，才會讓桃美去念他這一頓。性情過於笨拙的馬閃要是知道了壬氏腹部的燙傷，想也知道一定隱瞞不住。

「那麼，妳覺得會是哪種鳥？」

壬氏向貓貓問道。馬閃說他認為是「家鴨」，但貓貓想到的是另一種鳥。

「會不會是……鴿子？」

貓貓一年前也來過西都。當時里樹前嬪妃遭到攻擊，攻擊她的人就是使用鴿子互通消息。

（白娘娘也用過這方法。）

貓貓在想，兩件事之間不知是否有著某種關聯。

「鴿子是吧。與孤的看法相同。」

壬氏從床邊站起來，到房間一隅的屏風後頭去拿了個鳥籠過來。籠子裡有隻鳥在睡覺。

「是鴿子呢。」

「就是鴿子。孤開始用牠來做些簡單的聯絡工作。」

壬氏看起來老成，其實年方二十一。思考方式柔軟，容易接納新事物。

「抵達西都至今過了約莫二十天，整天不是赴宴就是致意。多虧於此，讓孤打聽到了各種消息。」

壬氏也講起了貓貓不在時的事情。鴿子仍在睡覺，飼料盆裡裝了小米。

他說到自己連日都在和西都的達官貴人宴飲，也視察過西都的要地，偶爾還有權貴的女兒或親戚前來求見。

「另外，聽聞玉鶯閣下的女兒去了京城，正好與孤錯過。」

「啊——」

「人家半開玩笑地問我，要不要娶她為妻。」

「是這樣啊——」

聽到貓貓回答得完全無動於衷，壬氏伸手過來狠狠掐她的腮幫子。

「蔗叔在攔為淋了。」

「就是啊。」

貓貓摸摸被拉扯的臉頰。

「那麼該怎麼辦呢？」

「孤立刻就修書給了玉葉后。這就是她的回信。」

「這麼快就送到了？來回最少要一個月對吧？」

壬氏把信紙拿出來給她看。以玉葉后的書信來說，紙張皺得厲害。

「是用鴿子寄的啊。」

「不過只有單程。」

壬氏似乎准貓貓看信，於是她湊過去看。

「姪女的事就交給我？」

信上是這麼寫的。如果玉鶯是玉葉后的異母哥哥，他的女兒自然便是玉葉后的姪女。

（不知玉葉后有何打算？）

感覺她和異母哥哥的感情並不融洽。先不論玉葉后有她身為皇后的打算，貓貓等人仍然得解決那之前的另一個問題。

「假設識風之民過去用的是鴿子，那個名叫念真的老人所言就更可信了。」

「您是說識風之民，過去有辦法在草原上互通消息嗎？」

「正是。就跟火災一樣，蝗災也是著重於如何能夠及早發現。」

壬氏把手上的書丟給了貓貓。本以為是書，翻開一看卻是成排的數字。看來是某種紀錄。

「是這數十年來的災害紀錄。羅半看到的話或許能想到些什麼，但對孤來說有點難。」

本子裡寫著地名與災害的相關數字。外行人看了只會頭痛。

「有什麼不尋常的傾向嗎？」

「看作物收穫量的紀錄看不出來。因為視察過農村讓孤可以確定地說，戌西州虛報了更多的收穫量。」

「虛報？我不懂這是何意。」

一般來說，收穫量報得比實際上多，就得繳更多的稅。如果是反過來報得比較少，那還可以理解。

「孤也不懂。只是，如果在沒有紀錄的地方發生過災害，這些案牘就全都白寫了。」

壬氏搖頭表示束手無策。

「只能去當地做確認了。沒視察過的農村也得跑一趟。」

但是即使都是國內，貴為皇弟到了天高皇帝遠的戌西州還是有所難處。能用的人手也有限。

「還有其他在意的事嗎？」

「說到在意的事……」

「怎麼了？」

「這附近地方，都沒長多少藥草呢。」

她直盯著壬氏瞧。還不忘加上略帶恨意的表情。

「小女子想要這附近地方的藥典。單憑從國都帶來的藥草，能做的藥有限。」

最快的方法是貓貓親自去書肆買，但近期之內恐怕很難。請壬氏差個人去辦也不會遭天譴吧。

「知道了。還有其他問題嗎？」

「小女子個人的問題也行嗎？」

「妳問吧。」

「戌字一族以前是個什麼樣的家族？」

貓貓是好奇才問的。聽聞戌字一族於十七年前為女皇所滅。他們究竟犯了什麼滔天大錯？

「戌字一族啊，嗯——」

壬氏沉吟半晌。

「怎麼了嗎？莫非是不便開口？」

「不，沒什麼不方便開口的，只是孤也不甚清楚。只聽說他們與子字一族，皆是自王母時代以來的舊臣。又說他們是女系家族。」

王母就是傳說中建立茘國的女子。據說是開國皇帝之母。

「女系家族？」

在茘國，男尊女卑的風俗習慣根深蒂固。貓貓以為這種現象在多為遊牧民的戌西州應該更顯著，因此感到有些意外。

「正是。據說有人密告揭發戌家的不法情事，使他們陷入誅族之禍。另外有種說法是他們欺君罔上——但就連高順也說不知詳細內情。」

「連高侍衛也不知情？」

「是啊。孤也想過查閱當時的案牘，無奈內容整理得過於精簡，看了也是白看。」

這就怪了。貓貓心想這也太粗忽了。壬氏的語氣之所以曖昧不清，想必也是因為其中含有部分道聽塗說的緣故。

「我明白了。」

貓貓收拾藥膏與弄髒的白布條等物。

「這麼快就要走了？」

壬氏一面露出小狗般的眼神，一面緊緊握起拳頭。

「是。我也是剛出外差回來很累了，請准我回去休息。」

「既然這樣……」

壬氏話說到嘴邊，隨即搖了搖頭。

「總管有何吩咐？」

貓貓已經知道壬氏什麼話說到一半了。但是，她假裝沒發現。

「還是算了。觸犯了重大禁令之後，不管犯什麼小錯都會被嚴懲不貸。」

（觸犯禁令是吧。）

貓貓看看壬氏的左側腹。

（我也真是狡猾。）

壬氏本來應該是個要什麼有什麼的公子王孫。偏偏本人個性太過正直，總是繞遠路。

壬氏想選擇的不是自己的捷徑，而是對方的康莊大道。

（卻不知根本沒有什麼康莊大道。）

而貓貓明知道這點，卻裝作不知。狡猾到了無藥可救的地步。

「那麼，小女子告退。」

貓貓若有似無地揚起嘴角，掩飾自己的狡猾。

壬氏雖伸出了手，卻沒能從床邊站起來。

回程同樣也是雀來相送。這次聊的不是鬼怪故事，而是大吐貓貓等著的時候她被水蓮狠操的苦水。

「呼，大半夜的讓人打掃也太壞心了。妳覺得呢，貓貓姑娘？」

水蓮似乎讓雀擦了地板。

（對不起，雀姊。）

八成是不讓雀闖進壬氏房間的權宜之計吧。水蓮自然是站在壬氏那一邊的。

雀也差不多，不問壬氏與貓貓兩人共處一室時都在做些什麼，可見一定明白身為侍女的分寸。雖然從外表或行動完全沒有那種感覺就是。

「好了，把貓貓姑娘送回去後，我就要回房間了。跟夫君的歡好就另外挑日子吧。」

「雀姊，夫妻之間的私密情事不必為外人道的。」

「咦——可是貓貓姑娘，妳不是習慣了嗎？」

「是，我是習慣了沒錯。」

例如皇帝與玉葉后歡好時守著門口，或是煙花巷娼女與客人的歡好等。她看人與人之間的歡好，比蟲子的交配看得更多。

「那就沒什麼好在——」

雀與貓貓正要彎過走廊轉角時，一個慘白面具般的物體從眼前橫過。

「咦！」

事情發生在倏忽之間，她沒看清楚。只是，有張臉孔浮在半空中，彷彿帶著笑意。

「貓貓姑娘！」

不巧那當下雀正好是面對著貓貓的，但她即刻對異狀做出反應，將油燈交給貓貓保管，奔向白色面具飛去的方向。

貓貓去追雀。中庭裡有一棵大樹，雀掛在枝頭上。

「對不起——我追丟了——」

雀輕靈地從枝頭跳下，頭上黏著樹葉。

「哇，沒想到是真的。」

雀瞇著眼睛，好像覺得很有意思。

「飛頭蠻真出現了。」

貓貓也萬萬沒想到自己會親眼目睹。

那個宛如白色面具的玩意兒，的確說成「飛頭蠻」——飛天首級也不為過。

十一話　飛頭蠻　前篇

飛頭蠻大約從兩個月前開始出現。

據說第一個看到的，是個結束一天勞動的男佣人。

男佣人漫不經心地走在月光下，就發現一個白色的東西浮在半空中。凝目一看，是個純白的面具飄在空中。

興許是有人惡作劇吧。操勞了一天的男佣人沒多想就想直接走過。豈料這時，那面具竟轉過來望向了男佣人。

男佣人大吃一驚，嚇得拔腿就跑。

隔天早上，男佣人心情平靜下來，覺得是自己太累，把什麼東西給看錯了。然而去到昨晚面具飄浮的地方一看，卻什麼也沒有。

事情就從那時候開始。

不只那男佣人，關於詭異面具的事開始傳聞四起。

有人說聽見奇妙的聲響轉去一看，看到一只面具在笑，又有人說看到面具在空中飛動。

而最近這陣子，更有人說看到女子的頭顱繞著宅第飛行。

所以，有人說了。

說那頭顱也許是「飛頭蠻」。

「小姑娘妳也看到了嗎？」

李白邊吃粥邊驚訝地說了。

貓貓在藥房和大家一起吃早膳，就提起了昨晚的事。

「哦，咪咪，妳大半夜的在房間外頭閒晃啊？」

天祐打斷他們講到一半的話。他似乎早上比較沒精神，只喝果子露當朝食。

「晚上多危險啊。就算睡不著也不可以在外頭亂跑啦。」

庸醫除了粥跟山羊奶，連炸麵包也拿了，吃得十分豐盛。

「因為雀姊找我，我一下子沒想清楚。抱歉。」

貓貓隨口道歉。旅途勞累，回來得又晚，再加上目擊到飛頭蠻，害她沒睡好。她一時恍神，才會不慎說出昨晚的事情。

她也沒有胃口，其實早膳也跟天祐一樣喝果子露就夠了。但庸醫說多少得吃一點而替她準備了粥，她現在正在勉強灌進胃裡。哪家的媽媽啊。

「話說回來，李白大人。您說『妳也』是什麼意思？」

「是這樣的，其實也有人來找我商量飛天臉孔的事。」

「噫欸！我怎麼都沒聽說？」

庸醫渾身發抖。要是鬍子還在，一定已經像泥鰍一樣搖動了。

「我放在心裡沒說。因為醫官小叔很怕聽到這種的，對吧？」

李白真是了解庸醫。

「是哪位人士找您商量呢？」

貓貓早就在好奇了。昨夜也因為時辰已晚，她跟雀決定明日再來一探究竟，當下就道別了。

「是個跑腿的小丫頭。我給她糖吃，她就跟我混熟了。」

（又不是小貓小狗的。）

李白自從常在綠青館進出後，似乎變得相當擅長跟小孩子相處。

（因為要是被那兒的小丫頭嫌棄，就沒人幫忙引見白鈴小姐了。）

貓貓心想，但也沒必要在這西都外地發揮本領吧。大概是這陣子當庸醫的護衛當得太閒了。

「當然，我不認為會是什麼妖魔鬼怪。小姑娘妳雖然說看到了，但其實妳也是對那一套嗤之以鼻的性情吧？」

「……但既然看到了，我想查出牠的真面目。」

「那我也會幫忙的。不過我今日接下來要休息了，有什麼事再把我叫醒吧。」

李白收走粥碗，就回一樓自己的房間去睡了。再怎麼精力過人的男人，只要是活人就得睡覺。李白的職責就是結束夜間的護衛任務之後好好補眠，外頭站了個換班的護衛。

而當李白離開後，一個小孩子來到了藥房，正好與他錯過。

「武官大人呢？」

孩子臉色發青地來找人。看來現在阻止孩子進房間的護衛武官，並不是她要找的「武官大人」。

「李白大人他去休息了。」

貓貓立刻就會過意來了。這女童一定就是剛才提到的跑腿小丫頭。女童看起來大概十歲。

「這、這樣啊……」

女童變得很沮喪，別開目光。

貓貓略瞄一眼庸醫與天祐。

「那麼，需要我去請李白大人過來嗎？」

「妳想讓不當值的武官幹活啊？」

天祐回嘴道。

天祐是對的。讓侍衛睡不好覺，萬一出事時就傷腦筋了。可是，是李白說有事的話就叫醒他。

「嘿。」

李白起來了。可能是聽到吵鬧聲了，立刻就出了房間。

「武官大人——」

女童湊到李白面前。

「那個又出現了——」

「出現了啊——」

「出現了出現了——女人的頭——」

果不其然，說的是那個妖怪。

「在哪出現的？」

「在宅子的外面——園丁老爺爺嚇得腰都直不起來了。」

「這樣啊，我知道了。園丁爺爺人在哪兒？」

「嗯，鐵青著臉在打掃園子——」

「知道了。好，賞妳糖吃。」
「好棒喔──」
女童高高興興地離開了藥房。
貓貓盯著李白瞧。
「李白大人，容我請教您一件事。」
「何事？」
「您這麼做莫非不是出於好奇，而是在查案？」
「哦！真敏銳。」
李白直接承認，毫無要隱瞞的意思。李白必定是在懷疑，那個怪異飛頭也許是飛賊。既然是查案，想必是有人下的命令。
「不過，那個叫天祐的傢伙比較麻煩。」
李白低聲嘟噥。難得聽到這個陽剛磊落的好漢說出這類牢騷。
天祐用完朝食去外面刷牙了。因為長官命令過他們，說醫官絕不可有齲齒。順便一提，長官說的是劉醫官。
庸醫正在邊哼歌邊洗盤子。
（李白不擅長跟天祐相處啊……）

跟貓貓料想的一樣。

「跟他合不來嗎？」

「算是吧。那個叫天祐的，感覺跟我八字不合。雖然不到要起爭執的地步，但感覺話不投機。妳能明白嗎？」

貓貓也不禁覺得他說得對。若是碰到這樣的人，大體來說只要敬而遠之就不會出事，偏偏——

「您的意思是說，換作平素遇上這種人虛應故事就好，但現在距離太近所以不好辦。如果是個吵架吵得起來的人還好，偏偏對方絕不是那種性情。大概就是這樣了？」

「哦！真敏銳。我不是覺得他難以捉摸。只是，我摸不透他的心性。看得見枝節，卻看不見主幹。」

李白出於本能看見了天祐的本質。

「小姑娘作風看似奔放，其實是有著準則的。就好像不是毒就是藥。」

「……最起碼請您先說藥再說毒吧。」

貓貓請李白更正說法。

「天祐的性子雖然有點毛病，但我認為不需要那般放在心上。」

天祐好歹也當上了醫官，就算人手再怎麼不足，想必也不會把一個來路不明的人帶來西都。

「這我知道。真是對不住，我是武官，難免會用作戰的眼光去看事情。」

「作戰的眼光？」

「意思就是說，我看得出來哪種人絕對不能交託性命。」

「……」

對於李白的野性直覺，她不能多說什麼。

總之她決定先把天祐的事放一邊。

「先不說這個，請問調查飛頭蠻的命令，可是月君或其他大人下達的？」

「對對對，就是那個什麼壬總管。」

李白說起最近鮮少有人提到的名稱。

（為何不直接跟我說呢？）

可是，是貓貓自己總是只挑要緊事跟壬氏說的。

「抱歉抱歉，我是不是應該頭一個就告訴妳？照小姑娘的性子，對什麼事情一感興趣就會廢寢忘食了。人家要我別讓妳太操勞。」

她以為自己在喃喃自語，沒想到竟說出口了。李白代替壬氏跟她道歉。

（別讓我太操勞，是吧？）

她忍不住心想，既然這樣就別把我叫去房間啊。

壬氏總是在一些奇怪的地方關心她。強人所難的要求卻又照做不誤。

（然後，這回是關於飛天頭顱。）

還是老樣子，總是拿些近乎神異鬼怪之事找上她。

「說到這個，我覺得很不可思議。」

「什麼事情不可思議呢？飛天頭顱本身就夠不可思議的了。」

「就是這件事，我當初聽到的，是一個面具飄浮在半空中。可是差不多在這二十天之間，常聽到的都是飛天頭顱。」

「……那可真是怪了。我看到的那個不像是頭，比較像是個面具在飛。」

她只匆匆看到一眼所以不能斷定，但看起來像是面具。

「早膳那個話題還沒聊完啊？真是愈聽愈有趣。」

後方傳來聲音，貓貓急忙回頭。

只見刷完牙的天祐站在那裡。臉上笑咪咪的。

李白表情沒什麼改變，大概是早就料到可能會變成這樣吧。

「偷聽別人說話太沒禮貌了吧？」

「沒有沒有，我只是好奇你們倆要聊到什麼時候。她好歹也是未出嫁的姑娘家嘛。」

「「啊——不可能啦。」」

貓貓與李白同時否定。

「說得也是——我也覺得不可能——」

不知兩人的對話被天祐聽到了多少？

「所以，你們在講飛天頭顱的事？好像很有意思。能不能也算我一份啊？」

「不要。」

貓貓立刻拒絕。

「為什麼？」

天祐眉毛下垂。

「怕你口風不緊。」

「很緊啦。」

「怕你跟到一半膩了就撒手不管。」

「這倒是有可能。」

李白把天祐交給貓貓應付。看來他是真的不擅長應付這種人。

「我很有用的。你們如果覺得我沒用或不可靠，那是你們不懂得用人。難道你們會因為怕受傷，就笨得不敢用剪刀了？」

「……」

貓貓看看李白。李白一副就是交給貓貓決定的表情。

「……請你別礙事就好。」

「好啊。」

天祐的眼睛閃出些許光芒。

貓貓他們首先來到中庭。正是昨晚貓貓碰巧看到飛頭蠻的地方。

「好啦，你們現在要幹嘛？」

天祐講得事不關己。

「還問我們要幹嘛，你不是要表現自己的能耐嗎？剪刀兄。」

貓貓看著中庭。

由於晚上還要巡邏，貓貓請李白去睡了。取而代之地，她要來了宅第的格局圖。

附帶一提，他們外出是跟庸醫說有雜事要辦，所以得早點辦完回去才行。

「不跟我說要剪哪張紙，我怎麼剪？除非妳告訴我看到什麼直接背後捅一刀就好。」

「……」

天祐似乎在記恨貓貓他們對他的不信任。

（但沒辦法，誰教這傢伙就是這樣。）
天祐看起來，總是好像不太注重倫理觀念。
「總之，我們先把那妖怪出現的地方全繞過一遍吧。」
「好啦。」
首先第一個地點，是飄浮面具目擊消息頻仍的中庭。
「目擊消息分布並不平均，都集中在那棵樹或是屋宇之上。」
貓貓看看宅第的格局圖。雖說是別第，但地方還滿寬闊的。
「哦——」
天祐輪流看看樹木與屋宇。昨晚雀就是吊掛在那棵樹上。園丁似乎沒打掃過，樹葉掉了一地。
「有沒有看出什麼端倪？」
「沒啊——咪咪咧？」
天祐總是這樣叫貓貓。她已經死心了，但討厭的是最近連其他醫官也開始這樣叫她。
「以我來說，大概有兩點令我在意。」
貓貓先看向那棵樹。
「這棵樹跟西都其他地方生長的樹木有些不同。比其他樹高大。」

「那又怎麼了？」

「你都不會好奇嗎？草木只要種類不同，能做的藥也不一樣。只是得再靠近點看才知道。」

「好，所以那跟整件事情有什麼關係？」

天祐只要自己不感興趣，就完全不肯動。貓貓直接擺出掃興的表情，覺得這人的個性真是枯燥無味。

「那，另一點呢？」

「另一點，大家在宅子裡看到的飛頭蠻似乎是『面具』或『臉孔』。相對地，我聽說在宅子外看到的則是『頭顱』或『腦袋』。」

「面具跟頭顱有什麼不同？咪咪又是在哪兒看到什麼樣的東西了？」

「我看到的是『面具』。看到牠從那條走廊的轉角，咻的一下飛往中庭去了。」

貓貓用食指指著解釋給他聽。

「『面具』啊。看起來不像『腦袋』？」

「不像。像是『面具』或『臉孔』。但就是有人看了說像是『腦袋』。」

有一件事令貓貓在意，就是目擊證言分成了「面具」與「腦袋」兩種。

「『面具』與『腦袋』，就差在是平的或整顆的嗎？」

天祐聰明伶俐，說到了重點。

「這我不清楚，只是有點在意。我想去檢查看看那棵樹。」

「請隨意。有什麼事給我做？」

看來懶鬼剪刀有心要幹活了。

「好，那就……」

貓貓從懷裡取出手絹，再從地上撿顆石頭包起來。

「請你巧妙地把這丟到樹上。」

「我哪那麼厲害啊？」

嘴上這樣說，天祐仍然姿勢漂亮地振臂把手絹丟出去，掛到了樹上。女官爬樹怕會有失體統。所以她才要掰個藉口，說是手絹被風吹上去了。

貓貓慢步走到樹下。樹木是闊葉樹，高約二丈（六公尺）。

「是丹桂啊。」

貓貓靠近確認。這種樹會開香氣濃郁的小花。可用來做成桂花陳酒或花茶。

貓貓抓住樹木才爬了一點，「哇！」就叫了一聲。手上黏到了鳥糞。糞已經半乾了。她本來想往樹幹上抹，但中途停住。

「髒死了。」

「你少說兩句。」

貓貓盯著手心瞧，抽動鼻子嗅了兩下。

「咦？妳在聞味道嗎？」

天祐被貓貓的行為嚇到。

貓貓凝視地面，用樹枝戳了戳掉在地上的東西。

「咦？妳拿根木棒在弄什麼？」

天祐給貓貓更多的白眼。

貓貓拿兩根細樹枝，像筷子一樣拿在手裡。

「咦？夾起來？像用筷子那樣把屎裡的東西夾起來？」

天祐維持著冰冷的視線退避半步。

貓貓也不是喜歡才這麼做的。只是，動物的糞便裡藏有各種情報。樹下除了未乾透的糞便之外，還有毛球似的東西掉在地上。有些鳥會把消化不了的東西從口中吐出。

「這種鳥似乎是以蟲子為主食呢。」

貓貓用木棒拆開毛球，看到昆蟲的翅膀與腳等。

「鳥吃點蟲子不奇怪吧。」

「除此之外還有小動物的毛，大概是老鼠或什麼的。」

一些獸毛與骨頭也跟昆蟲腳纏在一塊。
「吃老鼠？是鷹或鳶之類的嗎？」
蟲子也就算了，會吃小動物的話，就是身體頗大的鳥了。
「可能是。不過……」
貓貓環顧四周。這幢宅第具有豐富的綠意與水源，四處可見鳥禽棲息，但沒有一種鳥大到能吃老鼠。況且如果有那種鳥飛來，小鳥早就逃走了。
至少在目前這個時段沒看到。
貓貓動腦思考的同時，接著看向屋宇。
「那幢屋宇，沒辦法爬到屋頂上去吧？」
「屋頂啊……要再丟一次手絹嗎？」
「丟得到嗎？」
「可能沒辦法。」
眼下似乎沒什麼解決方法，貓貓心想或許該先回去一趟。這時，在貓貓的視野邊緣有個東西動了一下。
貓貓看看那是什麼，發現屋頂下方有鏤空花板。
「……我還是想爬屋頂。」

「咦——太勉強了啦。」

「想想法子吧。你去找梯子。」

「我上哪找梯子啊？只能問園丁了吧。」

可能是興致減低了不少，天祐狀似毫無幹勁。

（記得說到園丁……）

就是那個說昨天看到頭顱的老先生。

貓貓前往園丁正在打掃的地方。

「請問一下，能否把梯子借我們一用？」

「怎麼突然跑來要東西啊。冒冒失失的要借梯子？」

老園丁似乎懶得理人。可能是昨天撞鬼了的關係，看上去有些悶厭厭的。

「老爺是說過要親切待客，但可沒要我幫客人在宅子裡瞎攪和。」

「說得有理。」

天祐也顯得很服氣。

（你到底站在哪一邊啊？）

天祐一點也不可靠。只能由貓貓來說服老先生。

「這幢宅第的屋頂上，好像有鳥兒築巢。」

「築巢？經妳這麼一說，難怪最近鳥糞特別多。」

「是。要是有鳥兒築巢就麻煩了，我只是想幫忙清除掉。順便如果能拿到鳥蛋就太好了，可以用來調藥。」

「調藥？不知道是什麼鳥也能用嗎？」

「能，因為鳥蛋大多都很滋補的。」

貓貓隨口亂掰一通。管他什麼統統煎來吃就是了。

她又再多補充一句：

「而且我想，這麼做還能查明最近鬧得沸沸揚揚的鬼怪騷動是怎麼回事。」

「真、真的嗎！」

「真的。」

至少貓貓認為可以解決一半的問題。

老園丁立刻替她弄來了梯子。只是梯子老舊，即使直立在地面上還是匡噹匡噹地搖晃。

「該不會是要我來爬吧？」

天祐跟貓貓問個清楚。

「照你這說法是不想爬吧。」

「嗯。」

貓貓沒打算請老園丁幫那麼多忙，於是決定自己來爬。然而，她才剛把大梯子靠到牆上，就有許多閒來無事的官員與佣人前來圍觀。

「……」

很不巧，沒人要代替貓貓爬梯子，淨是些看熱鬧的傢伙。

再多提一件事，連某個閒人始祖也跑來了。

正是壬氏。眼見貴人登場，周圍群眾紛紛退後三步。

壬氏擺出一副難以言喻的表情，吩咐馬閃某些事情。馬閃點頭後來到貓貓身邊。家鴨也沒忘記跟過來。

「看妳似乎要爬梯子，讓我來吧。爬上去要做什麼？」

「馬侍衛您要爬啊？」

坦白講與其讓馬閃來，還不如貓貓自己爬上去比較妥當。只因馬閃雖然身手不凡，但貓貓擔心他在臨場判斷上會失準。再說──

（就怕他力氣太大會把事情搞砸。）

家鴨在他背後張開翅膀替他助威，更助長了貓貓的不安。

「不了，不要緊。我去就行。」

貓貓堅持拒絕，但馬閃不肯退讓。

「說了讓我來了。爬上去要做什麼？」

馬閃過來就是以換人為前提。只能由貓貓讓步。

「……小女子猜想，只是猜想屋頂的隙縫之間可能有鳥築巢。假如看到了鳥，能否請您把牠捉來？」

「鳥嗎？鳥的話我相處慣了。」

馬閃一邊看著背後的家鴨，一邊志得意滿地說。但是，家鴨可不會飛。

「我想那鳥應該是晝伏夜出。請您趁牠還在睡覺時，別發出聲響，慢慢地捉住牠。不過也得伸手搆到才行。」

「知道了。」

馬閃用鼻子粗重地噴了口氣。貓貓越來越不安了。

「馬侍衛。無故殺生是去不了極樂世界的，請不要把鳥給勒死了。」

「不能勒死……」

馬閃的聲音頓時小了許多。

（真教人不安。）

感覺該埋的伏筆都埋完了。

貓貓想到或許還是把李白叫起來換人比較好，但又看了看屋頂的隙縫。以李白的體格恐怕想鑽也鑽不進去。

「從隙縫的大小來看似乎還是我去比較好。」

「不、不用，我去。包在我身上！」

貓貓變得滿心不安，看著馬閃爬上梯子。要說唯一一件幸運的事，就是馬閃只有體魄特別強健，就算從梯子上摔下來也不用擔心受傷。

馬閃爬上梯子，從屋頂的鏤空雕飾縫隙往裡頭瞧，然後對著貓貓用拇指與食指比了個圈圈。

（還真的有鳥巢呢。）

鏤空雕飾做成可以拆卸，馬閃輕輕地把它拆下來，綁上繩索，放到了地面上。然後，他讓身子鑽進隙縫間。

不僅是貓貓，周圍群眾也都大吞一口口水。

正奇怪眾人為何如此安靜，原來是雀不知何時跑來了，拿著一塊寫了「請肅靜」的牌子給大家看。

一時之間沒有任何動靜，但接著響起一陣匡噹匡噹的巨響。

「被牠逃了——」

馬閃的聲音傳來。

（真是不中用！）

貓貓正在慌張時，雀放下板子爬上了梯子。正不知她要做什麼，只見她守在馬閃進去的那縫隙前面，用網子網住了飛出來的某個東西。

「……」

對於如此精湛的手法，就連貓貓也不禁看得呆了。

（網子是從哪兒拿出來的？）

滿腦子的疑問。

「捉到啦——」

雀高高舉起網子。一副顧盼自豪的神色，但看了讓人有點光火。

愛引人注目的她，絕不會錯失表現的機會。

中庭變得鬧嚷嚷的，但身分地位最高的壬氏一勒令解散，眾人立即各自回去做自己的事。等大家都作鳥獸散了，他們才來確認網子裡的收獲。

「這是什麼東西……」

壬氏與馬閃睜圓了眼。從馬閃的反應來看，應該是還沒看清楚鳥的模樣就被牠給逃了。

雀捉到的鳥，是一隻長約一尺（三十公分）的梟。但以梟來說長相有些詭異，所以兩人才會如此驚訝。

又白又圓的臉活像戴了面具。臉孔周圍的羽毛顏色較黑，如果不張開翅膀待在暗處，看起來一定很像是白色面具浮於空中。

但是——

「怎麼這麼小一隻啊。」

天祐講得直截了當。明明是在壬氏——月君的面前，態度卻不卑不亢。

貓貓姑且用手肘輕輕頂了一下天祐。

「哎呀，得罪了。原來月君也來了啊。」

貓貓心想，天祐這傢伙簡直不懂半點禮數。當然她從來不會反躬自省。

壬氏的表情也有些僵硬。儘管表面上還是擺出一副美若天仙的笑容。

「事情鬧得這麼大，沒注意到才叫奇怪。不過，這究竟是在做什麼？」

（好會裝傻啊。）

都差馬閃過來幫忙了，還好意思講。

貓貓不知道天祐會不會又亂講話，於是主動上前說明。

「回殿下，這幢宅第的周遭近日以來，傳出有鬼怪作祟之事。由於有佣人來向醫官的一位貼身武官商量此事，武官便於巡邏宅第之際進行調查。今日那佣人一早就來商量此事，但武官剛剛結束夜間的護衛任務，小女子認為讓武官接著進行調查似乎不妥。」

至於昨晚的事，雀應該已經向壬氏報備了。

「實不相瞞，小女子昨晚也目睹到類似的怪事，因此才會像這樣協助調查。」

「原來如此。那麼妳身邊的這個醫官又怎麼會在這裡？醫官不是還有其他差事要做嗎？」

壬氏的眼神很尖銳。

（啊——）

看來把天祐捲進此事，果然是做錯了。

貓貓瞪著天祐，心想「都怪你這混帳」。天祐一臉佯裝無辜的神情上前說道：

「**小人**該死，是小人勉強她帶小人來的。**貓貓**她比小人一介後生醫官更善於調藥，小人近來正在向她賜教。小人聽到貓貓要在中庭裡巡視，以為她是來採集生藥藥材的，就跟著一起來了。」

（這傢伙……）

連自稱都換了。不只如此，還沒把貓貓的名字叫錯。

感覺壬氏的眼神似乎變得更凶惡了。

「哦……大致上的狀況我明白了，那麼鬼怪的真面目就是此梟了？」

「是。一半是如此。」

貓貓看著梟。

「這裡耳目眾多。我想換個地方把事情問清楚，沒有異議吧？」

「是。」

貓貓接受壬氏的要求。

十二話　飛頭蠻　後篇

壬氏目不轉睛地看著籠子裡的鳥。

「沒想到竟有一種鳥長成這樣。我還是第一次看到。」

眾人來到壬氏的房間，觀察捉到的鳥。

壬氏坐主位，周圍是水蓮、桃美、雀以及侍衛馬閃等老面孔。馬閃的哥哥馬良感覺似乎也在附近，但應該不會現身。

高順不知是休假還是另外有事，不在房間裡。

不知為何天祐也待在同個房間裡，笑咪咪的。

（找藉口說另外有差事，推託掉不會啊？）

氣氛看起來有趣就愛跟，這就是天祐。

「妳為何會認為這隻鳥就是鬼怪『飛頭蠻』的真面目？」

對於壬氏的詢問，貓貓閉上眼睛。講話時必須小心，不能讓天祐得知一些不該知道的事。

「回殿下。起初是『面具』這個形容讓小女子覺得奇怪。聽到一些人說在樹上或屋宇上看到『面具』，我就先去看了看樹木周圍。之前我看到的，也是一張宛如面具的扁平臉孔。」

她在雀也注意過的樹木周圍，發現鳥類的糞便。不是小鳥，是大到某種程度的肉食性鳥類。

「白日，宅子裡總能看到小鳥飛來飛去，因此假設宅子裡有猛禽，小女子猜想八成是夜猛禽。」

「嗯。妳似乎從這一點，即已判斷鳥兒正是鬼怪的真面目，但妳有何根據？」

「只要知曉此鳥的習性，竊以為誰都想像得到。小女子也是初次親眼看到，但以前早就知道有種鳥的長相如同戴了面具。小女子從前在藥舖做生意時曾得到一冊生物圖錄，書中即繪有此鳥。只是小女子第一次看到牠時，還未曾反應過來。」

壬氏聽她這麼說，應該就知道是哪本圖錄了。正是他們從子字一族的城寨帶走的圖錄之一。那些書如今應該歸壬氏保管，假如有帶來西都就能查閱。

「圖錄是吧。」

壬氏對桃美使個眼神，桃美便拿來了數冊書籍。太多拿不動的，則由雀幫忙拿來。除了藥草圖錄之外，也有蟲魚鳥獸的圖錄。有些是子字一族的圖錄，但另外還有些貓貓沒看過的書。

（昨天剛提到，今天就準備齊了？）

貓貓大感佩服，覺得他手腳真快。

「名稱似乎就直接叫做『猴面梟』。若是一般的梟，看起來應該不會像是面具浮在半空，更重要的是此梟的顏色較為稀奇。」

這隻梟的羽毛顏色偏黑。貓貓以為一般的梟即使羽翼是黑色，腹部也應該都是白的，但這隻梟除了臉孔之外幾乎全是焦茶色。容易藏身於夜色之中。

「猴面梟是吧。就是這個吧？」

壬氏拿起子字一族的圖錄，翻開記載的那一頁。先不論顏色，圖畫上那張宛如詭異面具的臉孔，確實與此時的籠中鳥長得一樣。

「小人可以問個問題嗎？」

天祐舉手發問。

「說來聽聽。」

壬氏的講話口氣比起平素更高高在上一些。

「這鳥長得確實像戴了面具，但這臉不會太小了嗎？以人臉來說未免小巧可愛過頭了吧。」

天祐看著籠子裡的梟。梟乖巧安分，表情看似昏昏欲睡。若是幫牠放些巢材進去也許就會睡著了。

「人的眼睛其實是很曖昧的。我想光是一個白色的東西看似浮在半空，就夠搶眼的了。再說──」

貓貓從懷中取出紙張。正要借用筆墨時，雀一伸手就遞給了她。真是辦事俐落。順便還擺出看了讓人火大的表情，有事沒事就去逗一下沒捉到梟的馬閃。

貓貓在紙上畫四個點，正好排成一雙眼睛與口鼻的位置，拿給壬氏與天祐看。

「人的眼睛，生來就是僅僅看到幾個點排在一塊就覺得像人臉。就像常常聽到有人說柱子上浮現出人臉是一樣的道理。」

「這下夜裡飄飛的面具真面目就搞清楚了。」

天祐把手伸進籠子裡，戳戳那梟。梟也沒怎麼反抗。桃美端著小碟子過來，裡面盛著生雞肉。

桃美對家鴨似乎並不寬容，對梟卻很溫柔。莫非是同樣身為猛禽，因而惺惺相惜？

（好奢侈啊。）

桃美用筷子夾起雞肉遞過去，梟溫順地吃了。讓人餵食一點也不抗拒。

「面具的真面目是搞清楚了。可是，那腦袋又是什麼？妳方才說一半是如此，所以應該是認為腦袋另有來源吧？」

天祐不是傻子。貓貓說過的話他記得很清楚。

「面具與腦袋？此話何意？」

壬氏要求說明。

貓貓決定再說一遍，兼做複習。

「此事從兩個月以前就有目擊消息傳出，當時大家都說看到的是『面具』或『臉孔』。但是大約在這二十天以來，目擊消息似乎多為『腦袋』，而且說是飄浮於宅子的外頭。我看到的碰巧是『面具』，沒看到過『腦袋』。」

「妳是想說『面具』與『腦袋』是兩個東西吧。那麼假設這隻鳥是『面具』，那『腦袋』又會是什麼？」

「問題就在這裡。」

貓貓瞄了一眼雀。

「什麼事呀？姑娘有事找雀姊嗎？」

「不會是雀姊吧？」

貓貓試著思考了一下時日順序。「腦袋」的目擊證言大約始自二十天前。這似乎與貓貓等人來到西都的日期不謀而合。再加上他們當中，有個人似乎什麼千奇百怪的事都做得出來。

「真沒禮貌。雀姊這幾日都跟貓貓姑娘待在一塊兒呀。」

正是如此，雀跟貓貓一起耕田去了。

「只是做個假設罷了。不過看著這隻梟，我好像看出些端倪了。」

貓貓看看正在啄食雞肉的梟的爪子。她看到了一只精雕細琢的金腳環。

「我想應該很快就能找到了。只要設個小圈套就行。」

貓貓咧嘴一笑，摸了摸長相詭異的梟。

翌日，雀來到了藥房。

貓貓收拾了早膳，正在和庸醫一起調藥。她看了壬氏準備的藥草圖錄，得知自農村回程採集的草可作為生藥，現在正在試作。

「貓貓姑娘莫非是先知？」

雀眼睛直眨巴著說了。

「看來是捉到犯人了。沒有對人家動粗吧？」

「兩位姑娘在說什麼呀？我一點也聽不懂。」

庸醫自始至終都被排擠在外，但貓貓懶得解釋，就請他繼續調藥。藥調合完了之後，應該會幫她們泡茶吧。

雀當成自己家似的拉了把椅子坐下，等著庸醫端茶點來。給人的感覺就好像談話只是順便。

「是呀。我們照貓貓姑娘說的，整夜盯著梟籠。結果梟忽然開始躁動吵鬧，我們抓準這時機到宅第周圍一看，哎呀不得了，可不是找到了一個戴著奇怪面具、全身黑衣的女子嗎？」

雀一邊講得開心起勁，一邊喝庸醫悄悄端給她的茶。點心是極具西都風格的果乾。

「沒想到竟然真的打扮成那樣。」

聽到事情果真一如預料，貓貓也不禁大感驚訝。

「那麼，那個可疑人物就是養梟人了？」

「答對了。」

雀用雙手比出一個大圈圈。

「貓貓姑娘為何會想到，裝神弄鬼的犯人就是養梟人呢？」

雀直率地問了。

貓貓想起那梟的特徵。

「因為那梟顯然是被人飼養的。腳上戴環，在籠子裡也不吵不鬧，又毫無戒心地吃下處理得易於入口的雞肉。所以我猜想牠並不是一時被捉住，而是長年被養著的。」

「哦哦。」

「而且目擊消息當中，有件事令我在意。」

「面具」的目擊消息是始自兩個月前，「腦袋」則是始自大約二十天前。兩件事有個共通點。

「若是兩個月前，我在想會不會就是玉葉后那位姪女準備出發赴京的時候。」

「啊！」

雀似乎也聽懂了。

「假設梟原本是要帶去京城的貢品之一，卻因為某種原因而讓牠逃了呢？」

「哦哦。那麼，之所以事到如今才想捉回，是因為皇族蒞臨所以想重新進獻了？戴那種奇怪面具，是為了避免被人看見長相嗎？」

關於奇怪的裝扮，貓貓心裡有點頭緒。只是，還不算是明確的答案，只不過是貓貓的一項推測罷了。

「貓貓姑娘。雀姊雖然容易得意忘形但不是傻子，貓貓姑娘的看法我只會當作參考，不會盡信的啦。」

雀是在拐彎抹角地說：「有話快說。」她都這麼說了，貓貓也只能從實招來。

「我想面具與黑衣，大概是在模仿梟的親鳥外形。」

雀聽了貓貓所言，偏了偏頭。

「雀姊可有聽過印痕作用？」

「有，雀姊有聽過。就是雛鳥在破殼而出時會認看到的第一個東西為親鳥對吧？我那小叔現在被家鴨黏著，也是因為如此嗎？」

「正是如此。育雛人也許原本想讓那梟回歸山野，所以用這種方式不讓牠認得人的長相。」

「……哦。」

就梟的糞便來看，食物是牠自己捉來的。牠懂得如何獵食。

「只是到頭來，牠似乎還是養成了讓人餵食雞肉的習性呢。長相有趣的梟如果習慣與人相處，富豪會視為珍禽而購買，也可以作為貢品獻給貴人。」

「但育雛人不同意，就把鳥放了，或者是鳥自己逃走了？」

「這只是我的假設。」

貓貓不把話說得太肯定。

「結果早該逃走的梟，好死不死竟然在玉袁國丈的別第築巢定居。然後皇族又要在這兒暫住，這下可好了。」

「就說了只是假設嘛。」

「育雛人急著早點捉住梟，只要穿起育雛時的衣服，梟自己就會過來。捉到之後，就把梟帶去遠方放生吧，以免被別人發現。」

「我說是假設。」

「我知道啦——」

育雛人大概是用吹哨子或其他樂器的方式呼喚梟吧。梟起了反應但出不去。姑且不論貓貓的假設猜中了沒，總之有了一項收穫。

「黑衣可疑人正是養梟人，這點千真萬確吧？」

「我想是的。」

貓貓與雀露出邪笑。庸醫對事情一無所知，害怕地看著打壞主意的兩人。

假設正如貓貓的假設，那人懂得育雛之道，某個問題的答案就呼之欲出了。也就是名喚念真的前農奴述說過的「識風之民」——戌字一族供養過的部族。

（我不認為只掌理祭祀能餵飽自己。）

除此之外，想到他們是用何種方法驅除蟲害，就能推論出一個答案。

傳說「識風之民」懂得使喚鳥禽。

貓貓跟壬氏談過，也許那部族以鳥禽作為互通消息的手段。順暢無礙的聯繫手段，到哪裡都派得上用場。

總之，貓貓決定先去會一會那個被逮到的可疑人。

十三話　識風之民

貓貓讓雀帶路，去了那個可疑人被逮住的地方。

「就——說——是——誤會一場嘛——」

嗓音很尖。就算是女子，這嗓音也太刺耳了點。一看到對方的模樣，貓貓就明白了。

「是個小鬼。」

差不多十歲上下吧。眼睛很細，皮膚是黃色的。與其說是西都百姓，外貌更具有濃厚的華央州人種特徵。五官看著像是男孩，但看一頭長髮束在後腦杓，八成是女孩。西都的男孩即使是小孩也經常用頭巾把頭髮包好，或者是綁成長長的麻花辮。

大概是戴著面具，又披垂著長髮，才會被誤認為成年女子吧。

「俺不是小鬼。」

小孩子鼓起了腮幫子。這種態度就證明了她是小鬼。

房間裡有這個可疑的小孩、高順、桃美、馬閃，以及經常在場但不知姓名的一位侍衛。

「貓貓姑娘。」

桃美瞇起異色雙眸呼喚了貓貓。

「桃美夫人為何會在此？」

審問這種事似乎不該由她來做……雖然她看起來很善於此道。

「本以為是女子結果是男孩，於是我那次子就自告奮勇要來審問，但當他發現其實是女娃的時候，妳猜會怎麼樣？」

「啊——」

貓貓恍然大悟。

「那麼高侍衛呢？」

馬閃基本上很不擅長與女子相處，不擅長到因為青澀過頭，家人甚至擔心他以後沒辦法傳宗接代。

「小貓只要覺得跟桃美與馬閃一起可以放心，微臣就要離開了，如何？」

高順的眉頭皺得比平時更緊。貓貓只能接受。

「母親……」

馬閃顯得很尷尬。竟然要在爹娘的監視下審問嫌犯，未免保護過度了。

嫌犯看上去還是個孩子，難道對馬閃來說女子連這個年紀也不行？

（但碰上我或雀姊就好像沒事。）

雀就像隻珍禽異獸所以或許不用計較，但難道貓貓也被算成同一類人了？她不禁臉孔有點抽搐。

「審問得不順利嗎？要不要讓雀姊來？」

雀笑咪咪地瞇起眼睛湊過來。

「雀姊，不用妳費心不要緊的。」

桃美阻止她。

「這樣啊。但我很擅長管孩子的。」

雀從衣袖裡抽出一大串旗子。

「恕我冒昧，請問目前問出多少事情了？」

貓貓岔入婆媳之間。馬字一族盡是些個性強烈之人，自己如果也不做點主張，就要被撇在一邊了。附帶一提，馬閃的家鴨從房門外把喙伸進來觀察情形。怕桃美怕得要命。

「真是抱歉。目前所知道的是，這孩子名叫庫魯木……」

「褲……擄目？」

「這樣寫。」

桃美在桌上用手指寫給她看。

「謝夫人。」

名字給人的感覺，與京城周邊一般名字的語感大有差異。真要說的話，聽起來更像是東歐那邊的語感。

「拜託妳也幫俺說說。俺就如妳看到的，是個隨處可見的標緻美姑娘。之所以在這附近晃蕩，只是想捉住以前養的鳥而已啦！」

「美姑娘……」

眾人視線集中在庫魯木身上。看來她還挺能孤芳自賞的。但是在這點上挑毛病，話題就又要扯遠了。

「就如姑娘聽到的，嫌犯堅稱她的目的只是要捉鳥，沒有其他意思，當然也毫無歹意。因此，她要求我們乖乖把鳥還來，並且放她走。」

「臉皮還真不是普通的厚呢。」

聽到桃美的解釋，雀代替貓貓道出心聲。

「又不會怎樣！那鳥本來就是俺養大的。喏，你們看。就像俺說的一樣，牠跟俺熟得很！」

「我倒是看不出來。」

那鳥看都不肯看庫魯木，把臉扭開。湊近一看，還真是生了副宛如戴著奇怪面具的臉。

「就跟你們說了嘛，看著！」

庫魯木全身穿著黑衣，又戴起面具。猴面梟這才終於靠近庫魯木。

「嘿嘿。俺可是從蛋開始孵起呢。一直都是穿成這樣照顧牠的。」

「換言之只要穿成這樣，牠就都願意親近嘍。不一定得是妳。」

「！」

聽到貓貓這麼說，庫魯木一副下巴都快掉下來的表情。

「不是，俺是說真的！相信俺嘛！相信一個天真無邪的孩子嘛！」

庫魯木都快哭出來了。

「聽俺說，俺還知道這傢伙喜歡吃什麼……」

「這孩子真是可愛。來，吃雞肉嘍。」

桃美用筷子夾著雞肉遞給梟。梟在籠子裡蹦蹦跳著靠近她，啄食雞肉。

「！」

「不用穿黑衣，牠看到飼料好像也照吃不誤。」

庫魯木發出鼻音，好像就這麼戴著面具哭了起來。

至於馬閃，看到母親在獨掌大局，就只是呆站著沒插嘴。站在一心祈求別出事的高順旁邊，還真是一對父子無誤。

「牠、牠是俺……盡心盡力……養、養大的……」

「是妳養大的就拿出證據來呀。」
「俺、俺哪有什麼證據……」
「貓貓姑娘，妳對小孩子一樣毫不留情呢。」
雀一邊講得事不關己，一邊多端些雞肉給桃美。看來還是懂得敬重婆婆的。只是對公公與小叔好像就無拘無束了。
「不能怪我不留情，小孩子也是懂得如何放火的。只要有人在西都高官的別第做出奇怪舉動，就算是小孩子也理當懲罰吧？」
「這倒是呢。」
雀拈起雞肉想往自己的嘴裡送。
「啊！雀姊。生雞肉吃了可能傷身，請煮熟了再吃。」
「哎呀，失禮了。」
就算雀再怎麼身強體壯又飯量大，還是不建議她吃生豬肉與生雞肉。
「真、真的，是、是俺……養大的嘛……是、是俺孵的……蛋……嘛。」
「是嗎？那麼，妳是怎麼得到蛋的？又是怎麼孵化的？也請妳解釋清楚，妳自己養的鳥怎麼會逃走？」
對於貓貓的質問，庫魯木邊吸鼻涕邊吞吞吐吐地開始講起：

「蛋、蛋是……人家給的。跟、跟阿爹很熟的獵師說，不要了。而且阿爹也說不買。」

「獵師？」

「他們在獵捕老鷹或其他鳥的時候，如果在巢裡找到蛋，就會把蛋帶回來。然後，由阿爹來孵蛋飼養。等、等養大了習慣跟人相處，就賣給富人。」

「原來如此。」

所以賣剩的蛋，就成了這隻鳥。

「那麼妳是如何讓牠孵化的呢？」

「……阿、阿爹總是在給房間加熱。他會燒很多燃料，變得太熱了就換氣，一天大概翻蛋五次。阿爹不讓俺用燃料，所以俺就夾在腋下。親鳥之前好像已經熱了一半，差不多五天就孵化了。」

「哦——」

「她沒說錯。家鴨蛋也是這樣孵化的。」

馬閃插嘴道。他之前似乎一直在照料家鴨，應該不會說錯。

貓貓對於鳥蛋的孵化方式也只略知一二，但覺得應該沒說錯。

「喂，到底怎麼樣？」

馬閃向貓貓問道。

「我覺得沒有疑點。臨時扯謊不太可能說得這麼詳細。」

「我看也是。原來家鴨與梟都是同一種孵化方法啊。」

馬閃在無關緊要的問題上深受啟發。真搞不懂他怎麼會為家鴨如此入迷？

（雖然沒什麼疑點……）

但有件事讓貓貓在意。

「妳養這隻梟，是要拿來賣嗎？」

「才、才不是！」

「我想也是。」

貓貓拈起庫魯木穿在身上的黑衣。

「妳似乎是為了放生才養牠的。」

「……嗯。俺也教牠如何捉蟲或老鼠，好讓牠可以自己狩獵。」

「可是牠被賣掉了，是嗎？」

「……對啊。那個臭阿爹。」

庫魯木用力握拳。

「阿爹說牠長相有趣，羽毛顏色又特別，就趁俺不在時把牠賣了。沒跟俺問過一聲，擅作主張。俺雖然養牠，但沒法給牠找個伴，本來是想放回森林裡去的。枉費俺為了這麼做，還特地穿這種熱死人的衣服跟面具照顧牠！」

庫魯木氣憤難平，但這並不是什麼稀奇事。女人或小孩的私人物品，基本上都任由家長處置。這在茘國是很普遍的想法。

（活在女人當家的地方，有時會感覺不到。）

有些人家養女兒甚至就是為了當成策略婚姻工具，或者是賺聘金等。姑娘被賣到煙花巷也是其中一個用途。

「我明白了。那麼，能否讓我一邊整理頭緒，一邊問妳幾個問題？這些都只是我的推測，有哪裡說錯了請妳糾正。」

「嗯，好。」

庫魯木一面吸鼻子，一面點頭。

「所以妳父親的營生不是鷹獵，而是訓練老鷹或珍奇鳥禽親近人，好賣給富人嗎？」

庫魯木點點頭。

「也會用猛禽打獵，但賣作寵物更值錢。」

「這梟是賣給了這幢宅第的玉鶯老爺的千金，對吧？」

「……不對，是養女才對。鶯王沒有這個年紀的女兒。」

庫魯木可能是停止哭泣了，講話聲音開始變得清晰。

「鶯王？」

聽到陌生的名號，貓貓追問道。養女倒是不稀奇，況且也早就猜到了，所以她不怎麼在意。

「是一齣戲的主角的名字。那齣戲描述主角果斷解決難題，如同快刀斬亂麻，是以古代一個公子的故事為原本。以前有個人說俏皮話，拿玉鶯比鶯王，結果這綽號就這麼定下來了。」

貓貓覺得庫魯木外貌看起來稚氣，卻是個聰慧機靈的孩子。以這個年齡的孩子來說，懂的詞彙很多。

「玉鶯老爺在西都，似乎很得民心呢。」

「算是吧。畢竟是扶助京城的玉袁國丈的長子，為人又平易近人，樂於與老百姓說話。」

「……這樣呀。」

貓貓還是不太了解玉鶯這個男人的性子。總之，現在先問別的問題要緊。

「也就是說梟被賣給了玉鶯老爺的女兒，最重要的梟卻逃走了，然後就在這幢宅第築巢定居？」

「差不多就這樣了。」

「妳是從哪裡知道梟逃走了？」

「……嗯，沒有。是她本人歉疚地來跟俺賠不是。」

「她本人？」

貓貓與身旁的雀面面相覷。桃美與馬閃也一臉不解。

「別看俺這樣，俺跟玉家人可熟的咧。人家還教我認字呢。」

「哦，看妳這副邋遢相，真是意外。」

雀從旁插嘴。

「妳說誰邋遢啦，分明是美姑娘一個！」

庫魯木反駁雀的低喃。看樣子眼淚已經完全收起來了。

「究竟是怎麼回事？坦白講，我看妳這身穿著不像是能在宅第進出呀。」

桃美換了個說法，但意思其實跟雀說的一樣。

高順對於妻子與媳婦的尖酸言詞，只能用視線表達不滿。

「俺跟鶯王的娘親，也就是玉袁國丈的夫人感情很好。夫人跟阿爹是親戚，之所以能把鳥賣給富人，也是靠這層關係。俺在交貨時遇過幾次他女兒，俺拜託她把鳥還給俺，她看起來很為難。大概是父親給的東西不能擅自還人吧。」

「也就是說，是他女兒擅自把鳥放了？」

貓貓把事情問清楚。那姑娘被送去京城的目的是策略婚姻，貓貓原本不抱好感，不過罪不在當事人。貓貓不覺得那姑娘是什麼惡人。

「這俺不知道。俺只是收到傳話說鳥逃走了，跟俺賠不是。所以呢，俺就知道她的意思是讓俺自己來捉。看，俺何罪之有？」

「不，妳平白無故驚動住在宅子裡的人，所以還是有錯。」

「嗚——」

庫魯木像野狗一樣低吼。

「大致上的狀況都搞清楚了呢，貓貓姑娘。」

「是沒錯，但是……」

「我明白，貓貓姑娘一定是還有其他事情想問吧？」

雀說得沒錯。

貓貓真正要問的，不是她在宅第周圍晃來晃去的理由。

「那麼作為賠償，能否回答我幾個問題？」

「姑娘但問無妨。」

桃美代替庫魯木回答她。貓貓也是邊看桃美的表情邊問問題。

「妳家似乎有在養鳥，那麼可有用鳥作為傳信手段？」

「俺家裡現在沒在做那種事。以前好像做過，家裡認識幾個養鴿子的。」
貓貓雙臂抱胸沉吟半晌。
「那麼，妳家以前做過類似鷹獵的事嗎？」
「做過啊。只是後來阿爹改為賣給富人，說這樣更值錢而已。獵過兔子，有時也獵些狐狸。阿爹之所以說不要這傢伙的蛋，也是因為只有鷹或鶥才能獵到大獵物。比起只是寵物，能狩獵總是更方便嘛。雖然寵物養起來比較輕鬆就是。」
「那麼，有辦法把鳥訓練成只會獵捕特定生物嗎？」
的確，以這隻梟來說頂多只能獵到老鼠或小兔子吧。
庫魯木皺起眉頭。
「……俺沒試過，但不能斷定絕對不行。從雛鳥的時候就只餵食特定飼料，有時會讓鳥變得偏食。或者是狩獵時視獵物而定，給予不同的飼料做獎勵。當獵鷹捉了獵物回來時，我們會用飼料跟牠換。只要牠記住哪種獵物可以換到最喜歡的飼料，或許就會懂得揀選獵物。」
庫魯木果然聰明伶俐。只要撇開嗓音尖銳這點，會覺得像是跟個遠比年紀相仿的趙迂成熟許多的大人說話。
「那麼，說不定可以訓練出只捉飛蝗的鳥喔。」

「妳說飛蝗？」

馬閃一聽就有了反應。不知道是想到了什麼，他走去找從房門外把喙伸進屋裡的家鴨。

「飛蝗啊……那樣的話就得選像牠這種不太大的鳥了。還有，我想牠們應該還是比較愛吃肉，所以拿肉換獵物或許比較實際。」

「這樣呀。那麼容我請教最後一個問題。」

貓貓吸一大口氣後吐出來。

「妳是識風之民嗎？」

庫魯木一瞬間眨了眨眼睛。

「妳怎麼會知道這個名稱啊？」

貓貓振奮地握拳。

「這也就是說，妳知道識風之民是什麼了？」

貓貓向庫魯木做確認。自稱美姑娘的小孩一面雙臂抱胸，「嗯——」一面沉吟。

「與其說知道，應該說俺的曾祖父那一輩還在草原上討生活時，別人似乎是這麼稱呼他們的。不過俺也只是聽奶奶講過幾次，幾乎什麼都不知道就是了。」

「可以請妳把妳知道的事都說給我聽嗎？」

「咦——？這俺就得考慮考慮了。」

貓貓一壓低姿態，庫魯木就開始得寸進尺。

「怎麼能平白告訴你們呢——」

庫魯木賊笑著開口要錢。

「呵呵，妳想被送去官府嗎？」

猛禽般的眼睛在庫魯木的背後發光。桃美臉上浮現笑意看著她。不知為何馬閃置身事外卻縮起身子，跟著連梟也倒豎羽毛開始發抖。高順進入無我境地，雀當起了樹木。

庫魯木臉孔抽搐。

不愧是能讓高順懼內的悍妻。

貓貓刻意乾咳一聲，說：

「……我們已經有所讓步了。妳回答問題，就不把妳送官府。除此之外，視妳接下來的態度而定……」

「是，這隻梟如何處置也有得商量。」

桃美說出貓貓後面的話。

「……好啦。俺聽奶奶說過，很久以前從事遊牧的族人碰上了搶奴隸。她跟我說遭搶的族人幾乎被殺光了，女人被擄去做老婆，小孩子成了奴隸。」

這項情報貓貓也知道。但是，有件事令她在意。

「我聽說識風之民，能夠役使鳥禽。所以妳的意思是孵蛋養鳥的方法並未失傳，是嗎？」

「妳問這個啊。啊——是俺講得不夠清楚。識風之民是被滅了，但只有分出去的一半被滅。」

「一、一半？」

貓貓以及其他人全都凝視著庫魯木。

「是啊。他們不是為了做某種祭祀，一直輾轉於草原各處嗎？既然這樣，與其集體行動，分散著行動不是比較好嗎？反正能用鳥互通消息。實際上是不是一半俺不知道。也許是分成三隊，也可能是四隊。俺家裡的曾祖父就待在其中一隊。」

貓貓點頭同意她的說法。

「可是倖存的族人後來怎麼了呢？聽起來識風之民似乎已被視為滅族了。他們無法繼續進行祭祀嗎？」

「嗯——這俺不太清楚。俺的曾祖父好像是倖存的族人，可是他在俺奶奶差不多十歲的時候就死了。奶奶說曾祖父教了她很多關於鳥的事情，但當時他們已經不再放牧，而是在城裡生活。不過，因為有熟客會買他們養的鴿子，所以不愁沒飯吃。」

「熟客？」

「不知道是誰，只說可能是哪裡來的大人物，但奶奶沒跟俺說太多。應該說，奶奶好像也不是很清楚。」

庫魯木的證言讓所有人陷入沉默。

「奇怪？俺說錯了什麼嗎？」

「……沒有，謝謝妳。」

或許這就是所謂的事出意外吧。雖說早就料到或許多少跟識風之民有些關聯，但沒想到會如此地切中肯綮。

「欸欸，俺能不能把這傢伙帶回去啊？俺找到了個正適合放生的地方。」

「好不容易弄到手，卻要放走嗎？」

「俺本來就是這個打算，況且奶奶也是這麼教俺的。」

貓貓看著桃美的眼睛。桃美點了個頭，於是貓貓把鳥籠交給了庫魯木。庫魯木破顏而笑。

「能否再問妳一個問題？」

「什麼問題？」

庫魯木可能是討回了鳥開心了，露出虎牙說道。

「妳說妳爹跟玉鶯老爺的母親是親戚，所以他的母親也是識風之民，這樣想沒錯吧？」

「這俺說不準……只是之前看夫人好像很喜歡鳥，感覺也慣於與鳥相處。」

這樣一來，假如玉鶯之母是識風之民，各種人物關係便呼之欲出了。

（雖然得到了有用的消息……）

但若是採信庫魯木的說法，就會出現幾個矛盾之處。

（如果識風之民並未滅亡，之後為何不能繼續進行祭祀？）

那就得質疑念真成為農奴之後所做的事有何意義了。

而識風之民，又為何會被視為業已滅亡？

種種疑點浮上檯面。

（想得到的一種可能是……）

也許是假裝識風之民已經滅亡，然後將他們的能力用在其他地方。

（情報傳遞得快就是有利。）

只要一時塑造滅亡假象並納為己用，之後用途多得是。想到庫魯木的祖母早已移居城中，這樣想就不奇怪了。除此之外，庫魯木的曾祖父早逝也有了合理的解釋。

（把技術傳給了後人，知道過去歷史的人就礙事了。）

「喂，小姊姊。俺可以回去了嗎？」

被庫魯木戳了幾下，貓貓才回過神來。看來一時想得太專心了。

「抱歉。能否請妳跟我說一下如何才能聯繫妳？我說不定也能介紹些想買鳥的客人給妳。」

「……咦，感覺毛毛的耶。」

庫魯木似乎不會被貓貓的假笑所騙。大概是貓貓把「怎麼能讓寶貴的情報來源跑了」寫在臉上了。

「呵呵，我們不會欺負小娃兒的。欸，能不能請妳介紹妳父親給我們認識？」

桃美眼露光芒。

庫魯木嚇得身子一抖，點了點頭。

（這位夫人太強了。）

是個不同於老鴇或水蓮的另一種女中豪傑。

（難怪其他人都不敢作聲。）

雀不像平常那麼放縱，馬閃更是露出一副跟高順相似、彷彿已入無我境地的神情。貓貓看看站著與牆壁合而為一的高順，心想現在的高順也許就是這一切形塑出來的。

把庫魯木跟跑腿的男佣人一起打發走後，桃美把貓貓叫去。

「姑娘是否還有些事情，沒跟我們坦白呢？」

講話聽起來客氣，但講得簡短點就是「把妳知道的事情全給我說出來」。

「小女子是有些想法。可是，那終究只是我的推測，盡是些荒唐無稽的事。我不知道該說不該說。」

羅門教過貓貓，必須為自己說過的話負責。她無意用無憑無據的臆測判斷事物。

「但是，我的……我們的主人，並非凡事都要求明確的結論。這個主人什麼事情都喜歡自己攬下，為了擬定方略因應今後可能發生的事，可否請妳先說來聽聽？」

桃美用猛禽般的眼睛看著貓貓，要她快快招來。

「那就——」

貓貓準備開口，讓她把事情轉達給他們的主人壬氏。

「不，請妳去親口告訴他。」

「竊以為在這裡說出來也不會出差錯。」

貓貓不認為桃美轉達她的臆測時會扭曲內容。

「不了。夫君跟我說過，月君也需要適時喘口氣。」

「嘎啊？」

看到桃美面露有些調皮的笑意，貓貓只能半睜著眼。

十四話　複習與可能性

優美嫻雅的房間裡茶香四溢。

注入熱水，用異國式茶壺泡的茶，呈現薔薇般的紅色。貓貓一面覺得紅茶此名取得實際，一面享受清香。此種茶葉也可加入砂糖與牛奶飲用，但貓貓不接受有甜味的茶所以婉拒了。

「所以，妳對此事有何見解？」

就連用小匙攪勻茶湯的動作都優雅好看的人物，正是壬氏。他的茶加了牛奶，不過以護胃的喝法來說是對的。水蓮準備了熱過的奶，以免主人喝壞肚子。

貓貓坐到桌子的另一側，與壬氏面對面飲茶。

（採用這種形式，妥當不妥當啊……）

貓貓是在桃美的帶領下來到壬氏的房間，但怎麼看都是在開茶會。雖說水蓮看起來也沒有意見，所以應該不會出差錯——

「來，請用。」

水蓮笑容可掬地請貓貓用茶，她反而不忍心拒絕了。貓貓只飲一口，就開始陳述自己的意見。

「小女子的意見，不過只是……」

「只是推測，也有可能與事實不符，對吧？只要**我**別盡信妳的意見，看清事情的本質就不成問題了吧。」

「是。」

貓貓除了回答「是」之外也別無他法。而壬氏瞄了桃美一眼。他自稱「我」而非「孤」，想必是考慮到桃美也在場。

「那麼小女子該針對哪件事陳述意見才好？」

「針對識風之民。從我已知的情報說起也行。我要妳從頭說起，就像是做個整理。」

「遵命。」

壬氏這麼說，讓貓貓講起話來輕鬆許多。不需要邊講邊斟酌內容，以免與已知的部分有所重複。

「關於識風之民，我們前去農村視察時，從曾為農奴、名喚念真的男子那邊聽說了一些事。念真說那個部族過去曾遭遇搶新娘、搶奴隸之事，並因此滅族。又說識風之民掌理祭祀，受到戌字一族的庇護。」

這些事情她早已和壬氏說過了。因此壬氏並不拘束，邊聽邊飲茶、用茶點。為了搭配茶水，點心同樣也是異國式的餅乾。

「他們往昔進行的祭祀，有可能是防範蝗災於未然的一種方法。此法稱為秋耕，除了翻土耕田改善土壤之外，似乎還具有清除害蟲蟲卵的效果。更多細節我想羅半的哥哥應該知道。」

「羅半他哥是吧。羅字一族真是才士輩出，如此內行的農人竟然就有兩名。」

連在這裡的稱呼都是羅半他哥。

（雖然羅半他哥看起來像是不得已才學會農事……）

但以他那莫名一板一眼的性子，想必會穩紮穩打地教導民眾習農。要是生在尋常人家，一定是個尋常秀才。

「羅半他哥呢？」

「已經收到傳信，說明日就會回到西都來。大致上農村該會的事似乎都教完了。」

馬閃向壬氏報告。

（對耶，他人還在農村。）

不曉得有沒有把薯類的栽培法成功傳授出去。

「那麼他一回來就召他來見我。」

「是。」

馬閃退下了。背上黏著家鴨的羽毛。

貓貓看看壬氏，請示是否可以繼續接著說。

「繼續說。」

「是。據說識風之民能役使鳥禽，但是僅憑曾為農奴的男子的說法，無法得知役使所用的方法。然而我們今日捉到一名可疑人名喚庫魯木，根據她的證言，識風之民其實並未滅亡，且子子孫孫仍保有飼育鳥禽的技術。如同月君的預測，正是疑似用來傳令的鴿子。此外，他們似乎也有飼養其他鳥禽。」

對於養鳥的技術，庫魯木似乎只想到培育寵物賣給富人的用途，其實錯了。

「關於其他鳥禽，視飼育方法而定或許有助於捉蟲。但我認為真正的用途，仍然是飼育傳令用的鴿子。」

貓貓道出壬氏早已做出的結論。

「識風之民最大的強處，很可能就是以鳥作為傳信手段。雖然只是我的猜測，但就算曾經讓族人作為諜報部隊效命也不奇怪。」

壬氏臉色不變。

「那麼，倖存的識風之民又是如何？」

「這只是我的推測——可能是某人器重他們的技術，庇護了他們。」

貓貓放慢速度，注意回答時的用詞。

「妳認為是誰在庇護他們？」

「……我不清楚。可能是戌字一族，也可能是其他勢力。」

「妳為何認為戌字一族也庇護過他們？」

貓貓也覺得，這個答案自相矛盾。假如戌字一族更盡力庇護識風之民，五十年前也不至於發生那場慘案了。

「容我冒昧，稱呼太皇太后為女皇。」

「無妨。」

「我想是因為女皇滅了戌字一族。」

「嗯。」

壬氏也露出可以理解的表情。貓貓認為那位將先帝當成傀儡、臨朝稱制的女子，當年行事必然講求合理。持續擴建的後宮以及禁止砍伐森林，也有她的理由在。然而關於戌字一族的族滅，卻有許多不明之處。

「換言之，妳的意思是識風之民本來具有諜報部隊此一重大用途，戌字一族卻蓄意隱瞞而未曾上報皇族，將其納為一族所用，所以才會受罰？」

「只是一種可能。」
不過是貓貓的假設罷了。她希望壬氏只把它當成一個判斷的線索。
「明白了。那麼若是戌字一族以外的人庇護他們，又是如何？」
「……我想起了白娘娘曾用過鴿子。也許那是砂歐眾所皆知的一種技術，但也有可能是由識風之民傳授的知識。」
「識風之民的技術傳到了砂歐嗎？那麼，是在識風之民被滅之前，還是之後傳過去的？」
壬氏問得別有居心。
「依小女子的見解，有可能是在被滅之前。」
「換言之就是叛國？」
「是叛國。」
貓貓針對識風之民被滅的理由進一步思考。姑且假設識風之民除了祭祀之外，也作為諜報部隊為戌字一族效命。假如他們有叛國情事，戌字一族在他們遭到其他部族襲擊時見死不救也不奇怪。
（倖存的族人，則讓他們住在城裡以利監視，等技術傳給下一代之後就把他們滅口了。）

從庫魯木的證言，貓貓忍不住要做這種推論。乍看之下像是提供庇護，實則進行監視。

壬氏的見解似乎也與她一致。他一面頷首，一面飲茶。

貓貓也口渴了，於是只飲一口茶。

「戌字一族，以及砂歐，就這樣了？」

「不，還有一點。」

庫魯木還提到另一件事令她在意。

「庫魯木曾說過一些話，讓人猜測玉袁國丈的夫人，也就是玉鶯老爺的太君有可能是識風之民出身。」

「正是如此。」

壬氏明確地回答。

（已經查到了啊。）

那何必還要聽貓貓的推測？雀在壬氏背後豎起兩根手指，笑得洋洋得意。看來她早就查到了。

「玉袁閣下於經商之時，似乎受了賢內助許多幫助。經商不可或缺的即是消息傳達。僅僅數十年就能建立起這樣的萬貫家財，自然需要別人所沒有的力量。」

不只如此，玉袁的孫子還是皇儲。講到平步青雲，社稷之中無人可與玉袁相比。

「關於太君的人品，我沒聽過什麼不好的風聲。據說是一位溫婉聰慧的女子。」

她對庫魯木也是親切以待，所以可以理解。

但是，她的兒子就萬分可疑了。

貓貓覺得既然這樣就不用再提了，但有一件事得問清楚。

「接下來這事跟識風之民有些不相關，不知能不能說？」

「什麼事情？」

「關於我們前去偵察的村子，在我們過去之前，陸孫大人已經訪問過了。」

「……這件事啊。」

壬氏斜著望向上方。看來是在稍作思索。

「關於陸孫我也調查過了，也知道他前去視察過農事。聽聞他在西都公務繁忙，遲遲撥不出時間前往農村。他不過是去確認中央原本就提過的事情罷了。」

貓貓偏了偏頭。

「原本就提過了？」

「是啊。從戌西州的報告來看，去年並未發生太大的農災。但是，不親眼做個確認還是讓人不放心。於是這差事就落到了陸孫頭上。不如說，是我派給他的。」

「……真是如此嗎？」

「為何要懷疑？」
「不，沒有。」
貓貓抵達西都時，看到他身上的衣服不是很乾淨。貓貓原本猜想他是不是在做些虧心事，不知是不是她太多疑了。
「關於身上衣服骯髒的問題，讓雀姊來為妳說明吧。」
雀鼻子噴出一大口氣。看來她即使在壬氏面前，照樣自稱「雀姊」。
「雀。」
猛禽瞪著厚臉皮的小鳥。
（桃美夫人好可怕啊。）
「我准。但說無妨。」
獲得壬氏的准許，雀大呼一口氣。
「雀姊已經都查到了。陸孫大哥在回程的路上，似乎遭到賊人追趕。貓貓姑娘也知道吧，就是那些賊人。那些被馬閃小叔把手臂給折了，可憐兮兮的盜匪大哥。」
「是，當然記得了。」
（雀姊妳還拿我當誘餌呢。）
「是了。襲擊雀姊的那些賊已經束手就縛，讓捕役帶走了。附帶一提，賊人的主使後來也捉拿到案，有人把情報供出來了。再附帶一提，其中一名嚮導正是數日前陸孫大哥前往農村時的帶路人。」

將雀所言統整一下，也就是那嚮導把旅客的情報對盜賊通風報信，盜賊再去襲擊不熟悉草原的旅客。而雀的意思是，貓貓他們與陸孫皆被盜賊襲擊，是同一個嚮導在背後牽線。

雀料到有人會在背後為盜賊牽線，所以才先下手為強演了一場戲，然而……

「雀姊我們著實只是湊巧遇襲，但是——」

（喂，怎麼撒謊啊。）

貓貓抿緊嘴唇，以免咒罵出聲。

「以陸孫大哥的情況來說，似乎是嚮導又替別人牽線襲擊了他。」

「意思是說有人想妨礙他視察農村嗎？」

「有這個可能，但也有可能只是想嚇唬他。或者是將計就計，故意假裝成被害者，不過這方面就不是雀姊該去想的了。當然，還有一種可能就是真的只是碰上了普通賊人。」

雀的個性莫名精敏之處，就是說來說去還是會劃清界線。只說事實，不講意見。

（雖然會拿我當誘餌就是。）

貓貓對那事有一點點記恨。

「知道了。」

壬氏指示雀退下。雀立正站好行了一禮。

（照這樣子看來……）

感覺壬氏也尚未完全掌握到陸孫這人的底細。至少就貓貓聽起來，陸孫像是個忠於職守的男子。

壬氏喝點茶，像是準備整理情報。貓貓也喝了點涼掉不少的茶。

（雖然這味道會讓人想來點甜的……）

但貓貓想吃鹹點，才剛這麼想，一個點心盆悄悄放到了她身旁。盆子似乎是水蓮放的，她對貓貓略使了個眼神。盆子裡是質樸的煎餅（仙貝）。

「一個人大啖點心淡而無味，妳陪我吧。」

壬氏拿起吃食說了。

「那麼小女子失禮了。」

貓貓咬下去，不小心發出啪哩一聲。雖然擔心有失禮數，不過煎餅鹹香可口。

（晚點應該會包一些讓我帶走吧。）

順便還想要一點餅乾給庸醫當慰勞品。

（可是，天祐也在呢。）

庸醫的話多得是辦法糊弄過去，但天祐那邊要如何糊弄？貓貓心想最好確認一下。

「月君，小女子有一問。」

「什麼問題？」

壬氏揚起了眉毛。貓貓顧及桃美等人在場，才會叫他「月君」，但他似乎不怎麼喜歡這個叫法。

「關於名叫天祐的新進醫官，我該如何解釋自己的立場？我若是太常過來，可能無法像庸……醫官大人那樣糊弄得過去。」

「……說得有理。關於這點——」

壬氏的反應停頓了片刻。

「咱們這兒已經告知過他，妳曾是這裡的見習侍女，以前就與月君互相認識了。妳放心吧。」

水蓮笑容可掬地回答。

「見習侍女……」

「是呀。大體上來說，這可不算撒謊。」

「呃……您說得是，可是……」

對貓貓而言，坦白講，這稱呼讓她不大舒服。講到那些侍奉王公貴戚的「見習侍女」，大多都是去學習如何做新嫁娘的。

「這可不算撒謊。」

水蓮保持著笑容重複一遍。

貓貓大感尷尬的同時，又咬了一片煎餅。

壬氏一面吃點心，一面似乎在思索某些問題。

「或許該加緊腳步——」

要是問他是什麼意思，事情可能就講不完了，於是貓貓當作沒聽見。

十五話　下下籤

一如馬閃的報告，羅半他哥回到別第來了。

「呼——累煞我了——」

羅半他哥把農具擺到藥房門口。由於又是薯類又是農器的，帶來的東西很多，所以都存放在藥房後邊的倉庫裡。

昨天他一回來似乎就倒頭大睡，現在才終於過來收拾用過的工具。

「真是辛苦您了。」

反正也沒來什麼病患，貓貓上前迎接疲累的羅半他哥。可能是閒著沒事，庸醫也過來了。

天祐假顧藥房之名行午睡之實。大概是過於平凡的羅半他哥引不起他的興趣吧。

「辛苦大哥了。看，都曬黑了。」

庸醫就像叔叔伯伯那樣一派自然地跟他說話。大概用不了多久就會請羅半他哥共用點心了吧。

「喔，因為這地方幾乎不下雨，太陽很毒嘛。雖然溼氣不重所以還算舒適就是。」

羅半他哥把鋤頭靠在牆邊。

「這樣啊，這樣啊。要不要喝冰涼的果子露？我特別用放在地下冰透的水做的，好喝極了。」

（冰水不是高級品嗎？）

貓貓擔心庸醫或許不該擅自拿來用。而且這麼快就邀羅半他哥一起喝茶了。

「求之不……」

羅半他哥停住了動作。不對，說成僵住都不為過。

這是怎麼了？貓貓試著戳戳羅半他哥。仔細一瞧，羅半他哥正在微微發抖。

貓貓順著羅半他哥的視線望去，就看到一位龍血鳳髓、丰神飄灑的貴人。

「啊呀！月、月……！」

庸醫驚惶失措。

面露薔薇花瓣飄揚飛落般笑容的壬氏就站在那裡。

「羅半的哥哥說的可是尊駕？」

儘管白玉微瑕，依然未損其美。壬氏晃動著亮麗絲絹般的秀髮，步步靠近羅半他哥。

「是，是。」

羅半他哥也回得不清不楚。看起來不像是能正常回話。

（對耶，這才叫做常態。）

貓貓都忘了，壬氏其實是個相貌超脫世俗的翩翩公子。是個曾經憑著仙女下凡般美貌擄獲後宮佳麗的心，讓眾宦官魂不守舍的美男子。

對於羅半他哥這種凡夫俗子來說，等於是劇毒。

「此番請你與我們一道遠行，我卻延宕多時才來向你致意，真是過意不去。我若說我是皇弟，你可曾有耳聞？眾人皆喚我為月君，或是夜君。」

能夠直呼壬氏本名的人，只有皇帝等極少數之人。因此就連自我介紹的時候，似乎也無法報上自己的名號。只因萬一不慎說出名號，對方也記住了，一個不小心叫出壬氏的本名時可能會因大不敬而受罰，所以才須有此顧慮。

（皇族真是不好當。）

這是發自內心的感想。

「此、此番有、有幸與……殿下同行……光、光榮之……」

（不知道是誰上次還說自己是被騙來的？）

羅半他哥這個平凡人，在壬氏的面前平凡地緊張萬分。順便一提，庸醫兩眼閃閃發亮地看著壬氏，背後薔薇花飛了滿天。

「羅半和我說過許多事情。他說他的親生父親身為羅家後人，也身懷農業之才。又說他還有個哥哥幫助父親，身懷尋常農民所沒有的農事知識與技術。」

（換言之就是內行農民。）

羅半他哥表情十分複雜。看起來就是雖然受到稱讚但高興不起來。可是，壬氏的閃亮光彩絕非一般人所能抵擋。

換言之羅半他哥註定會繳械投降。壬氏一人主導大局。

（啊，這場面之前也看過。）

貓貓旁觀壬氏用閃耀光彩作為武器單方面進攻，以及羅半他哥由於只是個凡人而毫無防禦手段的模樣。

「你們會用一種稱為秋耕的方法減少蟲害對吧？我這還是初次耳聞。後來我讓部下去查，得知這是往昔在上位者要求農民進行的措施。很遺憾地，據說比起秋天耕田的好處，出於放牧所需將家畜養肥更為重要，日後便取消了此種規定。為政著實不是件簡單的事啊。」

「您、您說得是。」

「此外，聽說你除了薯類，也熟於栽培麥子。沒想到經過踩踏竟能讓麥子長得更粗壯，我這還是初次耳聞。我不知道的事情多了，今後還請尊駕對無知的我多多賜教。」

「小、小人不敢。」

羅半他哥臉色一下子紅一下子青。附帶一提，庸醫依然渾身散發飄飄然的陶醉氣氛，羨慕不已地看著壬氏一直跟羅半他哥說話。不，已經不只是羨慕而是嫉妒了。

「然後，雖然深感過意不去，但我現在就有件事想向你討教。不知可否？」

壬氏神色略帶憂愁地提出請求。

羅半他哥的臉頰一片潮紅，庸醫平白遭殃當場暈倒。貓貓接住差點昏倒在地的庸醫，扶著他輕輕坐到地上。

（嗚哇——）

貓貓一面心想「還是一樣夠凶狠」一面徹底隔岸觀火。她幫羅半他哥把收拾到一半的農具靠到牆邊。

「是。只、只要是我……不，小人能做的……」

「是嗎！」

壬氏頓時笑逐顏開，一掃臉上陰霾，害得與這事不相關的庸醫都像俎上鯉魚似的嘴巴一張一合。

「那麼難得有這機會，就請尊駕到屋子裡說明吧。」

壬氏舉起右手彈了個響指，馬閃與雀迅速現身。馬閃手上拿著一大張捲起來的紙。

（說了半天，這兩個人其實處得滿好的嘛。）

附帶一提，待在兩人背後的高順已經知道接下來即將發生的事，雙手合十。神情有如菩薩。

壬氏大搖大擺地走進藥房。躺在屋裡臥榻上午睡的天祐睡眼惺忪地爬起來。侍衛李白用視線問貓貓：「怎麼回事？」

「這是怎麼了啊？」

「就一些事。」

貓貓懶得跟天祐解釋。

「是喔——」

天祐看似反應平平，其實似乎挺感興趣的。

馬閃他們拿來的紙是地圖，在藥房的桌上攤開。

「此乃戌西州的地圖。」

馬閃做說明。

地圖上盡是草原、山地與沙漠地帶。與華央州相比之下失色許多，但有一條橫貫中央的道路。亦即連結東西方的商路。

「有幾個地方圈起來了呢——」

天祐一臉若無其事地跑來加入話題。庸醫起身去準備茶水。

馬閃擺出一副明顯排斥的臉孔。要不是壬氏阻止，大概已經把天祐轟出去了。

（距離好近啊。）

近得不像是皇族。宦官時代也就算了，貓貓不禁擔心現在這樣還妥當不妥當。

可是，她覺得壬氏此時的行動，是另有盤算。

「羅半他哥。」

「是！」

（你甘願讓人家這樣叫你？）

羅半他哥立時端正姿勢。

「其實這些圈起來的地方正是農村地區。請尊駕務必躬耕以勸農事，著手進行秋耕、栽培薯類。」

壬氏露出了足以致人於死地的笑臉。

「……咦？」

羅半他哥才剛從農村回來。累得半死，連農器都還沒收拾。

「希望你可以盡快。這樣吧，請你明天就上路。」

壬氏燦爛的笑容，光彩刺得羅半他哥閉上眼睛。他無法反駁。

（——原來是這個意思啊。）

或許該加緊腳步——

現在她知道壬氏那句話是什麼意思了。

貓貓心想，雖說適材適用很重要，但被利用的人還是值得同情。地圖幅員不小，畫在上頭的疆域相當廣大。

「自西都至最遠的村子大約有多少距離？」

貓貓試著向看起來很閒的雀問了一問。雀今天似乎只是跟來。其實她在不在都沒差，大概是想逃離猛禽般的婆婆吧。

「粗估有個八百里（四百公里）吧，大概。」

「八百里……」

羅半他哥頓時臉色發青。

「首先想請你前往地方較近的村子，然後依序前往比較近的下個村子。你若不擅長騎馬，我可為你準備坐起來舒適的馬車。」

壬氏以羅半他哥必定會答應為前提說下去。

「可行的話，希望你盡量在兩個月內教會所有地區秋耕方法。辦得愈快愈好。至於薯類，日後再依次推行吧。」

說是躬耕勸農，簡言之就是蝗災對策。由於不知道什麼對蝗災有用，只能把能做的事都做一遍。而且，能利用的人事物也要徹底利用。

雖然羅半他哥實在值得同情，但就請他成為可貴的犧牲者效犬馬之勞吧。貓貓能做的只有——

貓貓從櫥櫃裡取出一些藥，以蜂蜜調合。接著以水稀釋，裝進玻璃容器。庸醫在一旁上茶時，她把這藥拿給羅半他哥。

「請收下。」

「這啥？」

「滋補藥。我會為您準備耐放的原液，路上累了就喝吧。」

「所以我去做牛做馬已經是確定的事了？」

「……您能拒絕嗎？」

「……妳認為呢？」

貓貓就是覺得不可能，才會調製這滋補藥。另外再幫他準備些可治筋骨痠痛的貼布好了。

羅半他哥一個尋常百姓，被壬氏這個傾國美男湊近拜託，根本不可能拒絕。壬氏早就把這點算計進去了。

（做事夠狠。）

羅半他哥儘管平凡，在平凡人當中卻屬於秀才。

「你願意出這份力嗎？」

壬氏對他露出彷彿有些困窘的笑容，微微偏頭。

羅半他哥只能垂頭喪氣。

天祐置身事外，在那裡忍俊不禁地取笑他人的不幸，讓貓貓不由得輕輕踢了一下他的腳後跟。這樣羅半他哥未免太可憐了。

然而為政必須面面俱到，一旦後知後覺就萬事休矣。

為政者必須對國難有先見之明，事前摘除禍因。辦不到就得承受譴責，辦得到卻會被視為理所當然，得不到一句讚賞。

（真是難為啊。）

貓貓雖然可憐羅半他哥，但覺得壬氏這麼做並沒有錯。

十六話　偷得幾日閒

幾天之間，貓貓度過了一段安閒的時日。

說是安閒，但也不是不用當差。她把藥房裡的藥用西都採得到的材料重新調製，也確認了藥效。另外也請人湊齊了缺少的醫療器械。

怪人軍師也跑來過別第幾次。貓貓嫌麻煩所以躲著他，但不知不覺間庸醫竟開始辦茶會款待起他來了，讓貓貓頭痛不已。

要說其他還有什麼事，大概就是家鴨開始會下蛋了。貓貓有一次想把那蛋拿來吃，結果挨了馬閃的罵。馬閃堅持要孵小鴨，貓貓用後宮講堂的方式告訴他那是無精卵孵了沒用，弄得他滿臉通紅。這樣竟然還是個成年男子，真是教人害怕。

她湊巧看到高順與桃美手挽著手走在中庭裡時，稍微受了點驚嚇。她只是沒想到這對夫妻感情這麼融洽才看了一下，猛禽卻忽然眼露凶光。

高順被妻子冷不防地一把推開，桃美一臉若無其事地走開了。貓貓知道她那是個性怕羞，被一把推開的少夫卻跌進池塘裡，慘不忍睹。

日子過著過著，羅半他哥又踏上旅程，就這麼過了一個多月。

其間，貓貓照常替壬氏治療燙傷，每次都很想扒他的屁股皮。

「目前看起來一切順利。」

壬氏手裡，有著一張皺巴巴的信紙。壬氏讓她看了書信，內容對農地各項事宜有著詳細描述。

「可是羅半他哥？」

貓貓看著雖有些往右下斜但顯得一絲不苟的字體問道。

很不幸地信必須綁在鴿子腳上，似乎只夠勉強把現況寫完。連讓羅半他哥寫自己本名的空位都沒有。最後他寫到自己現在所在的村名，書信就結束了。

（羅半他哥，竟然連自己真正的名字都寫不了。）

此時他一定在遠方草原咬著手巾，懊惱不已吧。

沒有人知道是否有那麼一天，能夠知道他的名姓。

「正是。這傢伙果然有用。」

壬氏看著鳥籠，瞇起眼睛。鴿子咕嚕嚕地叫著。

「雖然只能飛單程，但能迅速傳遞消息實在方便。」

壬氏也用鴿子與玉葉后做聯繫。看壬氏後來不再提起玉鶯那前往京城的女兒，想必是玉葉后巧妙地把問題解決了。

貓貓看了看籠子裡的鴿子。鴿子啄食小米，發出「咕嚕嚕」的叫聲。

「總管也給了羅半他哥鴿子嗎？」

「給了。孤用上那個叫庫魯木的姑娘的門路，跟她借了幾隻。」

「您讓他帶了幾隻鴿子？」

貓貓隨口問問。

「帶了三隻，反正看他似乎挺會照顧家禽的。要追加鴿子時，孤派快馬經過他最後待過的村子送去。」

壬氏打開戌西州的地圖。水蓮走過來，替信裡提到的村子做記號。

（羅半他哥很拚呢。）

壬氏強人所難地要求他在兩個月內全部做完，沒想到就快進入後半部分了。

（孺子可教，羅半他哥說來說去還是很能幹的。）

而本人恐怕沒有發現，正是因為他能幹才會被旁人硬塞一堆事務。要是行事再聰明點，應該要懂得保留兩成力量，而不是全力以赴。

「貓貓。」

「總管有何吩咐？」

壬氏似乎已經叫慣了貓貓的名字。她想起以前有好長一段時日，都是妳妳妳地叫。

「沒有，孤是想說，目前公務已經告一段落……」

「是呀。」

該補充的藥都補充了，器械也齊全了。比較火急的事都辦妥了。

「是不是可以把心思，稍微放在其他地方……」

「啊！」

貓貓像是想起了一件事，拍了一下手。

「說到這個，再過不久就要收割麥子了，可否讓小女子也去幫忙？」

「……收割麥子，有什麼特別意義嗎？」

壬氏的神情變得呆若木雞。

「回總管，小女子想看看有沒有長出麥角。」

「賣繳？」

壬氏似乎沒聽過這個詞。

「就是一種讓麥穗變黑的病。簡單來說，吃了會中毒。」

「嗯，淺顯易懂。」

「一旦磨成麵粉就看不出來了，所以我想先去看看。」

麥角還能用來墮胎。這種毒物時常混雜於品質粗糙的麵粉裡，因此她想先檢查一下。順便也想看看收穫量。

「是嗎？那好，孤明白了。就給妳備輛馬車吧。」

「總管不用費心，小女子正巧聽說陸孫大人要前去偵察，或許可以與大人同行。」

是庸醫不知從哪裡聽來告訴她的。她跟雀做過確認，似乎是真的。

「陸孫……」

「是。小女子有許多事情想跟大人說，覺得正是個好機會。」

結果除了來到西都的第一天之外，貓貓一直沒機會見到陸孫。她有話想當面對陸孫說。

壬氏一瞬間，露出了複雜的神情。

「孤明白了。孤會告知陸孫那邊一聲。」

「謝總管。」

順便如果在路上草原看到藥草，也想沿路採集一些。上回旅途中採集的草，有些似乎可作為生藥。她得趕緊把採藥籃準備好才行。

「那麼，壬總管，小女子告退！」

「啊！」

沒理會話講到一半的壬氏，貓貓就像要去踏青一般，喜不自禁地去享受準備之樂了。

數日後，貓貓動身前往農村。

「哎呀～天氣真好～」

雀伸個大懶腰。她現在已經把跟貓貓同行視為常態了。

「之前還怕會下雨，看來是白操心了呢。」

雀從馬車探出身子看風景。外頭風和日麗。

貓貓也一面感受著清風與草香，一面隨著馬車喀噠喀噠地搖晃。

「這陣子都還不會下雨。在這戌西州除了雨季之外，不會連下幾天的雨。」

坐在對面的陸孫解釋給她聽。他穿著適於視察農村的輕便衣服。

「那麼正適合收割麥子呢。」

麥子若是在收穫期碰到下雨，有時會導致麥子發芽，品質變差。而且如果不徹底曬乾，就只能看著它們爛掉。

「是了。不過，聽說此地天氣變化無常，有時會在即將收割時下雹。」

「雹就難以預測了。」

貓貓並非專精農業，所以只能回答得平凡無奇。可惜在這裡的不是羅半他哥，否則他一定會緊握拳頭，針對收穫期的忙碌與辛勞抒發己見。

貓貓瞄了一眼馭座。馬閃在那裡握著韁繩。其實也可以請李白來當護衛，但既然前次是馬閃，這次也就照例勞煩他了。附帶一提，家鴨也在。家鴨完全成了隻寵物。

貓貓看向陸孫。

「陸孫，你怎麼會想到要調查農村呢？」

貓貓說出她認為必須當面詢問的問題。壬氏或他那邊的人，應該已經旁敲側擊地問過這問題了。但是，貓貓想親耳聽見答案。

陸孫瞄了一眼四周。眼睛似乎特別注意跟在馬車後頭的部下。

「我這麼做有幾個理由。貓貓妳想知道哪一個呢？」

由於以前陸孫對貓貓的態度實在太過恭謹，貓貓曾經請他別再那麼拘束。經過那件事之後，兩人決定互相直呼名諱，卻讓雀聽得一臉不解。

「請全部說與我聽。」

貓貓明白地告訴他。

「第一個，是關於蝗災。我偶爾會與羅半閣下取得聯繫，屢屢借助他的智慧。他告訴我假若茘國發生蝗災，最須注意的地點將是北部或西部的產糧地。」

實際上，去年西北部的產糧地確實發生過小規模蝗災。蝗災的可怕之處，在於放著不管會造成災害無限擴大。

「不知為何上頭指名要我，讓我在西都充當個文官。講得好聽點是司事，難聽點就是打雜的。而在這些雜事當中，不時也會混入幾份農作相關的案牘，於是我就順便檢查了一下糧食的儲備等。」

「可是，有必要親赴當地嗎？」

「這就是第二個理由了。」

陸孫豎起兩根手指。

貓貓睜大眼睛，不懂這算什麼理由。

陸孫的臉上，浮現出深感困擾的笑意。

「我想妳應該已經知道了吧？文書上的數字，與實際上的數量常常不盡相同。」

他是指生產量的虛報問題嗎？農村的確疑似在動這樣的手腳。

「那麼，第三個呢？」

聽他剛才說有幾個理由，貓貓不認為只會有兩個。

「第三個嗎？」

陸孫稍作停頓之後才開口。

「昔日我曾經聽說過，有種耕作法可用來減輕蝗災。」

「就是秋耕吧。原來是因為這樣，你才會去拜訪念真大伯。」

「正是。這樣是否解開了妳的疑惑？」

陸孫臉上浮現柔和的笑意。感覺比上次見到他時瘦了一些。

「關於這個秋耕，是誰跟你說的呢？」

「是家母與家姊。家母生意做得大，家姊也幫過忙。當時她們也教了我很多。」

「原來是這樣呀。」

陸孫眼光略微飄遠，望向馬車外頭。

（其他該問的事還有……）

馬車忽地放慢了速度。

貓貓正在思考之間，馬車已到了村子。貓貓從軒窗探頭出去。

看那呈現金黃光澤的麥子，應該稱得上是豐收。

另外似乎還種了薯類，看得到綠色葉子。

（好，這陣子就來忙些農事吧。）

採集藥草什麼的，就等回程的路上再說吧。就在她輕快地跳下馬車時，事情發生了。

貓貓看到一匹快馬，自後方奔來。若只是這樣還好，但總覺得看起來不大對勁。

（是遇到草寇襲擊，一路逃來的嗎？）

不，不對。

馬在貓貓等人的面前停下。只見那馬舌頭掛在嘴巴外，就這麼橫著摔倒在地。騎馬而來的人，穿著武官服。

（我見過這人。）

是時常在壬氏身旁聽候差遣的武官。貓貓覺得此人身分地位應該不低，怎麼會弄得這樣氣喘吁吁的？

「您怎麼了？」

貓貓拿水給武官，但他搖搖頭。只是嘴巴一張一合，把一張紙拿給她。

（什麼東西？）

這張摺得細細小小的紙，似乎是羅半他哥捎來的信。

「月……君說……看了就會明白——」

（看了就會明白？）

究竟什麼意思？貓貓不解地打開一看——

紙上畫了一條線。甚至不是用毛筆畫的，線條亂雜得像是拿塊碎炭代替筆墨。

若只是這樣還好。

但這條線，被塗黑得亂七八糟。

也沒寫是從哪裡送來的。但是，只有一人會送這樣的信來。

羅半他哥想必是置身於一片混亂當中，為了傳達某些消息，好不容易才放出了鴿子。

（這是——）

貓貓有看過這樣的圖畫。

那是在去歲，砂歐巫女來到國內時發生的事。在那場事件的最後，一個名喚家私鼓兒的小女娃畫了張詭異圖畫給她。

當時她不知道那幅圖畫的意思。

（現在我懂了。）

這一條線，是眼前鋪展開來的地平線。

而塗得亂七八糟的一團漆黑，則是……

「……蝗災將至。」

貓貓看著目前尚且空無一物的青空。

十七話　災禍　前篇

「啥，妳說蝗災？」
村民的語氣聽起來像是覺得傻眼。
貓貓立刻請村長將農民們召集起來。集會所聚集了不少人，到了多少有點悶的程度。
「就快來了，很快就來了。幾天內就來了！」
貓貓拚命警告大家，卻被嗤之以鼻。
「不是，雖然去年是發生了點蟲害，但今年作物豐收，應該不成問題吧？」
「就是啊，好天氣還會再持續一陣子，不用這麼急著收割吧。」
「照你們這副德性，到時就太遲了！」
優哉游哉的村民當中，有人粗聲粗氣地罵道。
「念真大伯……」
正是那獨眼老人。此人過去曾體驗過逼人吃人的恐怖蝗災，看到村民們絲毫沒把這當一回事，氣得怒形於色。他少了食指的右手握成拳頭，往桌子上一捶。

「不聽勸的傢伙別來找我，不管發生什麼事我都不會救你們。我這會兒就去收割。」

「念真，這件事真有這麼重要嗎？」

念真雖曾為農奴，但在這個居民全是新來乍到的村子當中資歷最老。村長似乎也不敢有所輕慢。

「村長，我午飯還沒吃哩，可以去吃了再來嗎？」

村民溫吞吞地說。

（幸好馬閃人在外頭。）

馬閃來的話家鴨也會跟來，因此貓貓請他別進到集會所裡來。貓貓往外頭瞄一眼，看到他跟家鴨一起被孩子們纏上。

貓貓也覺得跟村民多說無益。還不如把這些時辰盡快拿來收割作物。

就在她煩惱著不知該如何是好時，陸孫走上前去。

「如果我能給各位好處，各位是否願意動手？」

儒雅小生微微一笑。

「我願收購各位的麥子。比市價多一倍。」

陸孫把一個袋子放到桌上，發出沉重的乒啷一聲。從這錢袋的大小來看，裡頭的銀錢想必遠超過農民的一年收入。

村民們盯著錢袋不放。
「真、真的嗎？」
「沒在耍咱們吧？」
村民的眼神變得活像飢餓的野獸。
「是真的，只是得先上繳稅金，剩下的我才收購。還有，限期三日以內。」
陸孫用柔和的口吻，說出強人所難的話來。然而，村民眼中暗藏的火光並未熄滅。
（有錢能使鬼推磨。）
村民們一離開集會所，立刻展開行動。眾人回到家中，讓老婆、孩子甚至是老人都拿起鐮刀。
「這樣妥當嗎，如此隨便答應他們？」
在變得空無一人的集會所，貓貓向陸孫問道。
「一旦發生蝗災，市價就不會只是兩倍了。蟲子若是來了我們就有賺頭，若是沒來那也相安無事。這有什麼問題呢？」
「不，沒有問題。」
畢竟陸孫說過他母親以前是生意人，更何況他還常跟羅半一起混，這方面的計算一定做得很快。

陸孫的行動似乎也觸發了雀的幹勁。

「咱們也來做事吧。我打算去幫念真大伯收割莊稼，貓貓姑娘有何打算？」

「我嘛……去煮大鍋飯應急好了。還要做些殺蟲藥。」

貓貓閱讀跟壬氏拿來的藥草圖錄，找尋可用來殺蟲的草。雖然在食物旁邊熬製殺蟲藥感覺不大舒服，但也是不得已的。

貓貓猜想，蝗災是發生定了。只是，不知會發生在哪段時期。

（羅半他哥最後待過的地點是……）

在靠近草原後半部的地方。而且應該是戌西州當中，更為靠西邊的地點。他必定是在那裡看到了大群飛蝗，趕在遇襲之前火急放出了鴿子。

（連筆墨都來不及準備。）

一定是情況真的太過緊迫。

蝗災已經發生了。可以推測牠們今後會往東移動飛往西都，同時沿路吃光作物。

（已經開始了的事想也沒用。）

想想如何讓它結束，以及如何善後才是要緊事。

為了避免被群蟲啃食，作物必須迅速收割入倉，然後把倉廩封死，不讓任何一隻蟲子鑽進去。

接下來才是問題所在。就算做不到最好，也得持續摸索比較好的選擇。

村民們一個勁地割麥子。

（就怕麥子爛掉。）

麥子本來需要在戶外曬個幾天的，這下子傷腦筋了。更重要的是，還得找地方儲藏。

（不行，要想也得邊做事邊想。）

貓貓借用爐灶，用大鍋煮湯。貓貓喜歡以醬煮成的清爽湯品，但村民也許會喝不慣。她用油炒過根菜，以鹽預先仔細調味，然後用牛奶與肉乾高湯燉煮。

（但是對京師人來說，反而是家畜的奶水比較喝不慣。）

貓貓加些香草去腥。然後用麵粉勾個芡，吃起來應該挺可口的。

（本來還想放點糰子的，算了吧。）

作為主食的麵包已經烤好了，就拿來配吧。

貓貓把湯盛進碗裡，放在托盤上，不斷地發給忙著做事的村民們。

「貓貓姑娘，貓貓姑娘。請給雀姊也來一份。」

精力充沛的雀，已經完全融入了村民之中。她右手持小刀，左手拿布袋。布袋裡裝著只割下麥芒的麥子。

貓貓端濃湯給雀。

「你們只割麥芒啊？」

「是念真大伯的提議啦。他說如果只是要收割，挑麥芒割比較快。」

的確，這樣就不用特地蹲下去割了。

貓貓與雀暫且到附近的圍欄上坐下，喝個濃湯。湯都發完了，貓貓沒得喝，只啃麵包。

「因為大概沒那閒工夫把麥子全部曬乾，連著麥稈的話屋子裡又放不下。」

「有道理。」

麥稈可以作為家畜的飼料，或是草蓆等日用品的材料。雖然也是一種生財工具，但目前最好先撇一邊。

「不是我要說，真是錢能使鬼啊。我只不過是去耳語一句『麥稈還是晚點再割比較好喔』，他們就……」

原本握著鐮刀的人，都改握小刀了。孩子們拖著裝滿麥芒的布袋搬進家裡。

「在外頭曬乾麥穗會被風吹走，所以似乎是打算攏家裡晾。」

「雀姊真懂得勸誘之道。」

「就是呀。講到讓夜裡提不起勁的夫君興致勃發，雀姊可是行家呢。」

貓貓心想，把至今那些屢屢冷場的青樓笑話說給雀聽說不定能博她一笑，遺憾的是她一時想不到什麼笑話。

她一邊決定今後多蒐集些能講給雀聽的笑話，一邊用完粗糙的一頓飯。

陸孫限期三天的判斷是對的。有了期限，人就會考慮如何才能更有效率地收割。過了兩天，一半以上的小麥都割下來了。

力大無窮的馬閃幫上了大忙。他兩手抱著整袋麥子拿去收好。好幾個成年人合力才能做的事，他一個人就夠了。

只是還是一樣，不擅長做些纖細的工作。

「啊──你在幹什麼呀──真是個沒用的小叔呢。」

馬閃要修繕房屋反而把它給弄壞了，又惹來雀一頓取笑。

（儲放小麥的小屋滿是隙縫就糟了。）

貓貓把黏土或泥巴塞進房屋的隙縫。木材在這地方很珍貴，只能盡力而為了。

「時機似乎也剛好呢。」

陸孫仰望天空。貓貓也抬頭看看。在山丘另一頭可以看見小小的烏雲。

「雨期不是不會這麼快來嗎？」

「是，妳說得對。」

陸孫臉上浮現難以言喻的表情。

「這個季節的雲令人有點擔心。」

他講了句意味深長的話，貓貓聽不懂。

「雲又怎麼了？」

馬閃輕鬆抱著兩大袋麥子，經過他們身邊。

「沒有，只是說到這季節出現雨雲不是吉兆。」

陸孫說著，指向東方的天空。

「說到這個，我看到那邊也有片雲，那個也不是吉兆了？」

「那邊？」

貓貓望向馬閃手指著的方向。那跟陸孫指著的天空是反方向。

「我什麼都沒看到呀。」

「呵呵，小叔他就是沒來由的好目力。」

雀迅速補了句解說。

「在這種時候啊，要是有望遠鏡就方便了。」

雀似乎沒厲害到連望遠鏡都帶著，探出身子瞇起眼睛。

「你說那是雲……」

雀的動作停住了。貓貓也瞇起眼睛望向西方天空。

她彷彿聽見了振翅的嗡嗡聲。

然後看見了黑色顆粒。只是，那顆粒搖晃得很怪。不是雨雲。

「貓貓姑娘，貓貓姑娘！」

「雀姊，雀姊！」

兩人面面相覷，點點頭。

貓貓拿起一旁的鍋子與搗藥棒，狂敲猛打著在村子裡到處奔跑。

「蟲子！蟲子來了！」

雀一個個去打醒那些悠閒吃茶的大叔。

「飛蝗，飛蝗要來啦！」

她們不停地大聲嚷嚷，叫後知後覺的村民們提高警覺。

雖然慌張會壞事，但現在除了急得像熱鍋上的螞蟻，也不能怎麼樣了。

十八話　災禍　後篇

作物收穫了約莫七成的時候，第一隻飛來了。比原本就有的那些飛蝗顏色更黑，腳也很長。

有人在把蟲子踩死。貓貓大聲叫大家別管蟲子快收割。

她點燃火把。就算是杯水車薪也無所謂。

接著又讓女人與小孩躲進家裡，用泥巴或布把屋子的隙縫堵起來。還叮嚀大家屋子裡再暗，也不可以點火。又告訴他們要準備好可以直接食用的糧食，指示他們一看到蟲子從隙縫鑽進來就立刻殺了。

收穫的作物太多，念真家裡放不下。麥子拿到廟裡去擺。再用土把隙縫填滿，連空氣都進不去。

貓貓拿起除蟲藥，往每一戶人家潑灑。她也不知道這麼做有沒有用。

氈包空隙太多了，不適合作為倉廩，就當成外頭村民的暫時避難處。

馬閃拿著大網子。可能是漁網，只見他力道過猛地揮動，捉住飛蝗。然後直接泡在大水桶裡淹死。

雀把皮袋發給大家，分送經過調味，味道較甜的山羊奶代替飯食。她這是在為長期抗戰做準備。

念真多穿了幾件上衣。其他村民也學他。

陸孫跑遍每一戶人家，從通風孔傾聽村民不安的心聲。他安撫大家說不會有事，看到有隙縫讓蟲子鑽進去就把蟲踩扁，填補縫隙。

家鴨啄食飛蝗，又吐了出來。吃不下去嗎？

村民們開始發出怒吼。

視界漸漸變暗。

以顏色來說，是由白轉灰，再變成溝鼠似的顏色。

幾乎可說是一片黑都不為過了。

豈止寸步難行，連眼睛都睜不開。蟲子劈頭蓋臉地撲來撕咬衣服皮肉。想張嘴也張不開，只能勉強用布蒙住嘴。

層層穿起的上衣被啃咬。

振翅聲掩蓋了一切聲音。雜音遍布，連誰說了什麼都聽不見。就連怒吼聲也不再傳入耳裡。

貓貓以手覆面，好不容易才把眼睛睜開一條縫。

就看到馬閃仍然在振臂揮網。他把一下就裝滿了的網子砸到地上踩爛。水桶裡早已滿是飛蝗。

也有人被蟲子咬到發狂失心。那人發出怪叫，兩手各拿著火把與柴刀亂揮。飛蝗沒死，飛向村民。

雀迅速靠近，對瘋狂失控的男子使出掃堂腿。接著立刻將倒地的男子用繩子綑綁起來。

陸孫仍然奔忙於家家戶戶之間安撫居民。人會發瘋。一沒了光就會發狂。

只是，也有人沒聽到他的聲音。

一間民房起火了。臉孔抽搐的老婦與孩童衝出密閉的房屋。孩童的手裡握著打火石。

家中滿是剛收割的麥子，十分易燃。在這雨期以外的季節，空氣乾燥到足以起火燃燒。

馬閃即刻展開行動，一腳踢向房屋的柱子。原本就跟破木屋沒兩樣的房屋，當即變得搖搖欲墜。

「……！」

貓貓看出馬閃在大聲說些什麼。可能是在說取水處太遠，要推倒房屋以滅火。馬閃在這種緊急關頭最為可靠。

他不但幾乎憑一己之力推倒房屋，還把漂滿蟲屍的水桶抱過來就倒。

雀把滿臉鼻水的孩童與老婦推進氈包裡。雖然飛蝗遍布每個角落，但有個地方躲總比沒有好些。

不知經過了多久時間。也許只有兩刻鐘（三十分鐘），也或許已過了數個時辰。

每個人都恐懼、憎恨著前所未見的群蟲，繼而——

「貓貓。」

彷彿有人拍了拍她的肩膀。回頭一看，陸孫出現在眼前。

頭髮與衣服上都有飛蝗咬住不放。貓貓伸出手去想幫他拿掉。

「請別再熬藥了。妳的手要廢了。」

貓貓的手早已發紅潰爛。

（啊。）

除蟲藥連安慰效果都沒達到。

貓貓不斷地潑灑殺蟲藥。潑灑再潑灑，但是不夠，飛蝗繼續飛來。

為什麼沒效？為什麼沒效？

其實有效。但源源不絕的飛蝗數量在那之上。

飢餓的成群飛蝗，連毒草都咬。牠們咬人，咬衣服，連房屋的柱子都想啃。

豈止如此，掉在地上的蟲子似乎還互相貪食彼此的身體。

這是數量增加過多造成的瘋狂。

貓貓也瘋了。

她抓起具有殺蟲效用的草不停地煮。

大鍋裡漂浮著飛蝗，草都是連根丟進鍋裡。

手的潰爛可能是因為空手拔草的關係，抑或是不敵殺蟲毒草的毒性？

陸孫望向依然飛蝗密布的天空。只見飛蟲滿天，但他看的是更高的位置。

「以災克災——但願如此。」

貓貓不懂這話的意思。只是，她也望向了昏暗無光的天空。

「好痛！」

有個硬物打中了她。

她低頭看看是什麼，發現一個冰塊掉在地上。

疼痛的來源，又陸續打在貓貓的背部與肩膀上。

咚、咚、咚。

空氣已冷卻下來。

「冰雹？」

大冰塊，加上變冷的空氣。群蟲的動作看起來似乎變遲鈍了些許。

「以災克災。」

不，這哪是什麼災禍。這是天降甘霖。貓貓得到了平素的她想都不會去想的答案。

「下吧，多下一點吧。」

貓貓的瘋狂轉換了矛頭。她衝進飛蟲與雹雨之中。這不叫求雨，叫求雹。

無論如何地遭受蟲咬雹打，她都感覺不到痛。

只是一心希望用任何方法都好，快把這無數的飛蝗趕走就是了，結果……

砰！她感覺到一陣巨大的衝擊。

「貓貓！」

她還記得陸孫趕來她身邊。

貓貓被雹擊中頭部，就這麼昏死過去。

十九話　災情

視野模糊地擴展開來。

（呃……我原本在做什麼？）

貓貓慢慢撐起慵懶無力的身子。

「唷，妳醒啦？」

伴隨著開朗的語氣，一張熟悉的面孔湊過來看貓貓。

「李、李白大人？」

正是再熟悉不過的大型犬武官。

貓貓用昏昏沉沉的腦袋，確認周遭情形。

看來她是在氈包裡而不是房間。她左右張望，看到雀正在燉一鍋不知什麼東西。

到這裡都還好，但是——

貓貓眼角餘光瞄到一隻飛蝗，讓她跳了起來。

「飛蝗！」

貓貓立刻踩扁看到的飛蝗，但因為才剛醒來而險些摔倒。

「喂，小姑娘，就殺這麼一隻也不濟事啦。還有，妳別急著動比較好。」

「就是呀，貓貓姑娘。來，把這吃了吧。」

雀扶著貓貓坐下，又輕輕地把一碗東西拿給她，於是她吃了。是帶有些微鹹味的乳粥。

吃了熱呼呼的膳食後，貓貓才想起來。

（記得來了一大群飛蝗，又下了雹，然後──）

「請問我昏倒了多久？」

「整整一日。一大塊雹打中了妳的頭。我們認為把妳亂搬動會有危險，就讓妳躺在氈包裡了。」

貓貓覺得雀的處理方式大致來說都對。然後，一想到自己竟在如此重要的時候昏倒，就覺得自己很沒用。

（大概是腦袋真的不對勁了。）

貓貓也是凡胎俗骨。碰上前所未有的狀況，精神會失常也無可厚非。但是，畢竟還是給大家添了麻煩。

（之前碰到蠆盆時都還沒事。）

她想起自己那次在子字一族的城寨，被關在滿是蛇與毒蟲的房間。

「貓貓姑娘用不著沮喪的。姑娘只不過是腦子稍微有點亂了，除了殺蟲之外什麼也想不到而已。多虧姑娘的努力，貓牌殺蟲藥的效用可是強到必須經過稀釋才不會汙染土壤呢。這會大夥兒正在用稀釋過的藥，驅除剩下的蟲子。」

「驅除剩下的蟲子？」

「簡單來說呢，蟲子們已經飛越山地了。最主要的原因是下了雹，使得天氣後來急遽變冷。但還有很多飛蝗活著，因此大夥兒正在做最後的驅除。」

「我是來幫忙的。」

不知為何李白也在，舉手說道。

「西都那兒也有大量飛蝗飛來。雖然沒這邊嚴重，但還是出現了災情。壬大爺忙得不可開交，就命我即刻前來小姑娘妳這個農村。差不多是半日前抵達的吧。」

「與李白大哥錯身而過，我那笨小叔回月君身邊去了。他得去報告狀況。」

以壬氏來說，能做的大概也就這些了。馬閃的話應該還留有餘力。就算快馬加鞭應該也完全挺得住。

「妳不知道那時情況有多亂。西都那些傢伙一副這輩子沒遇過蝗災的表情。雖說我也是初次碰上，但上頭早就多次警告我們可能會有災禍降臨了。」

李白的膽量就跟看起來一樣大。以人選而論沒做錯。

「對了對了，那個老傢伙也鬧了起來，喊著：『貓貓呢——貓貓何在——！』要擋住他可真不容易。看到他闖進藥房，醫官老叔都嚇壞了。」

「嗚哇——」

關於怪人軍師幹出的好事，實在是太容易想像了。

「不知算不算壬大爺機警，他說『已經把貓貓安置在沒有蝗災的地方了』，撒謊都不臉紅的。」

「但我人可是衝在前線呢。」

不是，雖然說是貓貓自願前來的——不過，說謊也是權宜之計。

「老傢伙啊，編成了飛蝗討伐部隊。然後還鎮壓了西都的暴徒。」

「……」

這麼聽起來，西都那邊似乎比較可以放心。

問題是其他農村地帶。

（說到這個……）

「羅半他哥，不曉得平不平安？」

「啊——那個薯農小哥啊。」

「沒有音訊應該就表示平安吧？」

「不是，就是他最後那封信太令人不安，現在又變成了這樣。」

分明只是個平凡無奇的優秀農民，卻被迫日夜趕路勸農，還在蝗災當中擋了頭陣。

（謝謝你，羅半他哥。）

貓貓望著氈包的天頂，試著回想起羅半他哥的笑臉，卻全然無法記起他笑著的表情。總覺得他好像總是一邊氣呼呼或傷腦筋，一邊對哪個人吐槽。

（應該說，他還活著嗎？）

好歹有護衛跟隨左右，貓貓寧願相信他還活著。

「話說回來，這次造成了多少損害？」

蝗災發生了。這無可奈何。接下來的救災事宜，才是往後最要緊的事。

「麥田已先收割了八成。雖然尚未收割的麥子全毀，但據說今年的收成比往年都要好。把這一點也算進去，再扣掉火災燒掉的一間屋子的麥子，收穫量大約是往年的七成吧？」

「七成嗎？」

從這場災厄的規模來考量，貓貓認為這數字堪稱奇蹟。是羅半他哥真的指導有方嗎？但是，不能夠只看麥子。

「其他損害呢？」

「麥稈被吃掉了許多，還有作為家畜飼料的牧草。另外薯田也只剩下莖，但我想應該還

會再長出來吧。」

雀講話內容簡潔，但她好像不太擅長應付嚴肅的狀況，手裡不斷變出花或旗子。李白興味盎然地欣賞，好像看也看不膩。

「坦白講，其他農村恐怕都災情嚴重吧。」

「壬大爺一收到羅半他哥寄來的信，就派出快馬趕往鄰近的農村了。但是，我看沒辦法像妳們這裡防範得這麼好。」

「就是呀。這個村子的混亂程度比較輕微。」

（那樣都還算輕微啊……）

貓貓以為自己還算習慣這種狀況，原來雀比她更有經驗。

只是這次的事，貢獻最大的要屬——

「陸孫後來怎麼了？」

「應該在外頭吧。妳要去見他嗎？」

陸孫置身在那地獄般的慘烈狀況，仍能保持冷靜。不，更像是看多了。他不只是趕走飛蝗，而是好像早就清楚被逼入絕境的人會有何種舉措。

他所做的就只是出聲關心居民，乍看之下像是不具有多大意義。

但若不是他那樣做，想必會有更多穀物毀於祝融。

貓貓千交代萬交代不能用火，村民卻還是點了火。置身在無光密室之中，外頭又傳來地獄般的哀嚎，心裡不可能不害怕。現在她知道跑遍家家戶戶出聲關心的行為有多重要了。

（他究竟是何等來歷？）

貓貓一面心懷疑問，一面走出氈包。可能是擔心貓貓，雀也跟來了。

雹的餘波或許尚未散去，感覺有些涼意。地上掉了一些飛蝗，也有人在捉還在飛的蟲子。

可能是先把飛蝗集中到一處了，村子中央堆起了一座看了很不舒服的黑山。而且看起來好像還在動，能不靠近就不靠近。

之前躲在家中的人們出來一看，都愕然無言。當時麥田只能火速割下麥芒，如今麥稈已經全毀。

雖然事前聽雀描述過災情，但自己親眼目睹又是另一番感受。她們經過僅餘莖的薯田，再看看放牧地的情形。

儘管沒有麥稈那麼明顯，草地看起來也像是變淺了一點。家畜都放到外頭來了，但不知為何都在躁動亂跳。

雞隻啄食著掉在地上的飛蝗。

（不曉得好不好吃？）

貓貓之前實際嚐過，但現在看了還是覺得不會好吃到哪去。

家鴨東張西望，環顧四周。也許是在找馬閃。

「想不想嚐嚐看飛蝗的滋味呀？貓貓姑娘？」

「雀姊怎麼忽然說這個？」

好像有種不祥的預感。

「我試著做了一盤菜，看看能不能吃。」

雀不知從哪裡迅速取出了一盤熱炒。做事毫無前兆很像是雀的作風，但這會大概是猜出貓貓剛才在想什麼了吧。

「……」

「我看可能不太好消化，所以把頭、外殼與腳都拔了。然後因為不知道牠們吃了什麼，所以把腸子也清除了。」

不用問是什麼，就是**那個**。從外觀來看，已經完全看不出炒的是什麼。

「拿掉腸子是對的。牠們毒草也照吃，而且還同類相食。可是，一把這些部位拿掉，就幾乎什麼也不剩了呢。」

「是呀，可食部分實在是太少了啦，請用！」

貓貓不情不願地嚐一口。

「如何？」

「嗯——是不至於吃不下去……」

「老實說考慮到花費的工夫，寧可推薦別的菜色呢。」

「就是這個意思。」

既然是雀燒的菜，用的作料應該不差。煮出來卻只達到勉強可吃的程度，這樣要拿來吃著實有困難。況且那些站在被飛蝗吃光的田地前面發呆的傢伙根本不可能煮得出來，滋養方面比起受到的損害，也實在微不足道。

雀把炒飛蝗不知收到哪裡去了之後，似乎看到了什麼東西而扯了扯貓貓的衣袖。

「這邊請——」

貓貓讓雀帶路往前走。兩人在一間變得破破爛爛的民房門口停步。屋裡傳來聲音，於是貓貓探頭一看，發現村民們正在跟陸孫談事情。

「我明白了。那麼，這次就算了吧。」

「真是抱歉。雖然僅是口頭約定，但反悔還是不應該。」

村長與村民們向陸孫低頭賠罪。

「別這麼說，只怪災害甚鉅。反而應該慶幸損害狀況能壓抑在這點程度才是。」

看到放在桌上的袋子，就知道陸孫他們在商討什麼了。那裡放了一個大錢袋。所以談的就是蝗災發生前，陸孫為了催促悠哉過頭的村民做事而說要以雙倍價錢買下麥子的那件事。

（畢竟這種災害不會只限於這個村子，剩餘的穀糧也賣不得。）

「那就這樣了。」

陸孫把錢袋收進懷裡，走出屋子，與貓貓她們目光對上。

「貓貓，妳醒了啊？還好嗎？」

貓貓讓他看頭與掌心。頭沒怎樣，倒是手還有些火辣辣地疼。不過在她昏倒時，多虧雀幫她塗藥並包了白布條，因此不算嚴重。

「真佩服你身上帶著這麼一大筆錢耶。都不知道這地方有夜賊喔。」

雀戳戳陸孫。

「不不，我不過是個中級芝麻官罷了，哪裡有錢買下整個村子的麥子呢？」

陸孫吐個舌頭，把袋子從懷裡拿出來。裡面裝的是圍棋。

「哇喔。」

「上個官職養成的習慣，總是忍不住隨身帶著。」

上個官職不用多說，自然是怪人軍師的副手了。貓貓覺得這傢伙真是個騙徒。

「話說回來，姑娘找我何事？」

（也沒什麼事。）

就只是雀叫她來的。現況大致上雀跟李白都和她說過了，好像也不用再聽一遍。

總之貓貓昏倒，最受驚的一定是陸孫。她得賠個不是才行。

「真是對不起，我那時忽然昏死過去。可能給你添麻煩了。」

雀也跟著低頭賠不是。

「不會，妳沒事就好。」

「那就……」

「咦，沒其他事了嗎？」

（還能有什麼事？）

貓貓是還有其他諸多問題想問陸孫，但不須急於一時。還有一大堆飛蝗等著解決，貓貓本來是不想打擾他的。

但陸孫也有可能因為處理飛蝗問題心神疲勞，反而想講些不同的話題。可惜不巧的是，貓貓也沒那多餘心力想些能調適心情的話題跟他聊。

「……陸孫處理這事似乎駕輕就熟，莫非是過去有過經驗？」

看到他那沉著鎮定的模樣，就算說曾經做過怪人軍師的副手也還是讓人感到不可思議。

陸孫臉上浮現柔和的笑意。

「家母教過我，無論在任何狀況下都不能夠迷失心志。」

繼而，陸孫臉上一瞬間沒了表情。

「她留下遺言告訴我，愈是在瀕臨瘋狂之時，愈該保持冷靜。」

「遺言？」

「是，過去曾有賊人劫奪敝舍，家母與家姊將我藏起來不讓賊人發現，隨即在我的眼前遭人殺害。」

沒想到會聽到這樣沉重萬分的一件事。

「發出聲音就會沒命。但我也叫不出聲音來。因為家母她們知道我會叫著衝出來，因此堵住了我的嘴，綁起了我的手腳。我無能為力，只能對家母與家姊見死不救，就這麼活了下來。」

以這種情況來說，該如何回答著實令人煩惱，但貓貓只能這麼回答：

「幸虧陸孫活了下來，這個村子才能得救。」

不管過去發生過什麼事，都與貓貓無關。只是就結果而論，既然村子得救了，無論陸孫有過何種經歷都值得感謝。這下貓貓就明白他為何莫名地有膽量了。

「貓貓的這種想法，真令我羨慕。」

「會嗎？」

就算回答得再傷感，貓貓畢竟不是陸孫，不知道他聽了會作何感想。對方是一把年紀的大人了。既然不是需要小心呵護的年輕姑娘，應該不用勉強說些同情話吧。

陸孫微笑著說：

「我覺得貓貓與我還滿合得來的，我能向妳求婚嗎？」

「你在說笑。」

貓貓即刻回答。她可不會把場面話當真。

「我想也是。」

陸孫輕聲笑了笑。

（沒想到他這人還會講這種諢話。）

貓貓大感意外。不對，去年人在西都時，他好像也做過類似的事。大概是也有這樣的一面吧。

「哇喔，雀姊被屏除在外了嗎？能否讓我也加入這場愛恨情仇攪和攪和？」

雀在旁邊蹦蹦跳跳地搶出場機會。

「雀姊已為人婦，恐有不便。」

陸孫委婉拒絕。

「是呀，我已嫁作人婦，孩子都有了。別人常常說我看起來不像，原來你已經知道了？」

雀偏著頭。

（完全看不出來。）

與貓貓對一般人婦的印象相差太遠。

「是，因為馬字一族的長子在某一類人之間名聲響亮。」

「是呀，我那夫君，只因以十幾歲的年紀考上科舉就聲名大噪了。但是呢，之後又旋即辭官。害得雀姊孩子才剛生完就得出來幹活呢。」

雀雙手合十。

「貴子女還安好嗎？應該還小吧？」

「有我小姑悉心教養！」

貓貓早從字裡行間之中就聽出雀有孩子了，不過雀完全沒在為孩子操心。應該說，貓貓非但不知那孩子的名字，連是男是女都不知道。

雖說有小姑麻美悉心照料，但也太自由放任了。

「那麼，我去幫忙驅除飛蝗了。」

陸孫彬彬有禮地低頭致意。

「那我就……」

貓貓正在思考自己該做些什麼時，後方傳來了聲音。

「喂——」

還以為是誰呢，原來是念真在那裡揮手。不知這位獨眼老人家何事找她？

「那種毒藥已經沒有了嗎？」

「毒藥？」

貓貓偏著頭。

「就是那個用來殺蟲的，妳之前用大鍋熬的。把蟲子一隻隻捏爛沒完沒了，我想把那毒藥灑在飛蝗身上，一次殺盡。」

「噢，您說殺蟲藥啊。」

貓貓想起她那時意識恍惚，只是不停地熬煮毒草。

「對，就是那種毒藥。」

「毒藥……」

貓貓很想糾正道「不，不是毒藥」，無奈——

「的確是強效毒物呢。」

正要離開的陸孫也停下腳步，頗有同感地說。

「不，等等……」

「啊！毒藥大姊！」

村民們看到貓貓，都過來找她說話。

「能不能請妳再多做些毒藥？」

「給我們毒藥嘛。那種不稀釋好像很危險的毒藥。」

「那種毒藥可有效了。是用什麼熬煮成的？」

其他村民也陸續聚集過來。

（怎、怎麼說是毒藥……）

貓貓很想堅稱那絕非毒藥，但雀輕拍了一下她的肩膀。只見雀一臉大徹大悟的神情搖搖頭。

貓貓頓時變得垂頭喪氣。

「……使用時請遵守正確用法用量。」

貓貓只得再次到處採集毒草。

「喂——小姑娘——」

做完了分量夠多的殺蟲藥時，李白來叫她了。

「怎麼了嗎？」

「看妳毒藥好像都做完了。我在想與其繼續留在村子裡，不如先回西都一趟。跟我一道前來的其他武官會留下來幫忙驅蟲，這樣就沒問題了吧？」

「說得也是。還有那不是毒藥，是殺蟲藥。」

貓貓看看村子。方才她已經用實際示範的方式教過他們殺蟲藥的製法，也給他們條列了一份簡單的配方。

「再不趕緊回去，就要瞞不住那個老傢伙了。」

「……說到這個，撒謊說我被安置在沒有蝗災的地方，他竟然也信了。」

縱然情況再怎麼混亂，竟然騙得過那個總是莫名其妙靈感來了就能說中大多數事情的怪人軍師，讓貓貓覺得很不可思議。

「也算壬大爺有謀略。他利用了醫官老叔。」

醫官老叔，說的就是庸醫。

最近那老傢伙跟庸醫好像建立起交情了，不知壬氏是如何利用這點？

「壬大爺跟醫官老叔解釋了妳的狀況，讓他轉述給那老傢伙聽。」

「……」

貓貓心想，真有他的。還有一個老叔一個老傢伙的，叫起來真有點複雜。

「就像小姑娘妳對醫官老叔的態度比較溫和一些，那老傢伙面對他好像也生不起脾氣呢。」

庸醫雖是個中年微胖的老傢伙，但分類起來比較像是小老鼠或松鼠。論地位感覺與馬閃的家鴨相等。

「現在騷動也告一段落了，不趕緊回去，老傢伙會起疑吧？」

「可是，這個該怎麼辦呢？」

貓貓看看手掌心。製作殺蟲藥的傷痕還很清晰。

「衣裳的話有得更換喔。」

雀迅速準備好衣裳。

「就說是做什麼東西失敗了就行了吧？反正妳左臂上還不是一大堆。」

李白指指貓貓的左手臂。貓貓沒跟他說過，大概是自己看見了。那上頭有著許多過去拿自己手臂試藥留下的疤痕。

（說到這個……）

怪人軍師乍看之下護女心切，對試毒的事倒沒說過什麼。他會對傷害貓貓的人追究到底，卻常常對貓貓自己執意要做的事情不加干涉。

難道說李白出於本能，摸清了軍師的此種個性？

「說得也是。」

貓貓心想，的確沒必要這時候才來擔心手上的傷痕被發現。

「那就回去吧。」

貓貓離開了殘破不堪的農村。

二十話　確認

回到西都一看，只見城裡滿目瘡痍。

（啊——的確是這邊比較悽慘。）

貓貓事不關己地，觀察西都的情形。

路旁或屋牆上都還有飛蝗的蹤跡。有些地方可以看到一團團的黑色東西在蠕動，但還是別盯著看為妙。

單以飛蝗的數量而論，大概沒農村來得多。

可以看到一些被啃得千瘡百孔的攤販，以及白啃了一半掉在地上的果子。

（城裡人都嫌棄蟲子。）

這裡的人面對大群飛蝗時的心態，想必無法與農村相比。走出家門外的人寥寥無幾。

農民會為了保護寶貴的作物而努力驅蟲，但西都的人想必是恐懼都來不及了。

「混亂的情況有多大？」

貓貓向馭座上的李白問道。

陸孫似乎還要在農村待上數日，村民或許會覺得心裡踏實，但貓貓對於他在這種緊急狀況下不用回西都一趟感到很不可思議。

「簡直是人間地獄，呼天搶地啊。」

「難道都沒人警告民眾，說蝗災要來了嗎？」

貓貓這邊都收到告知了，以壬氏的性情理當會做些對策。

只是——

「這兒是西都。什麼事情都要講求順序，是吧？」

「……您說得是。」

總不好讓壬氏直接大聲疾呼吧。跟貓貓不同，他是有身分地位的人物。

不透過西都的高官大員，什麼事都做不成。

「看來大爺也沒有袖手旁觀喔。」

在廣場的中央，正在辦類似開倉賑糧的措施。本以為飛蝗來襲竟使民生凋敝、財匱力盡到如此地步；但想想也過了數日，不是每戶人家都有多餘的米糧銀錢。

（畢竟家境愈貧困就愈是當天掙錢當天花。）

也有不少人是當天做了短工，領了錢才能到攤販吃上一頓飯。

有幾家館子在做生意，但這場騷動導致貨不暢其流，似乎都賣不了什麼像樣的吃食。

貓貓這邊也聞到了賑粥的香味。這股香味讓她想起一事。

（羅半他哥。）

是甘藷的香味。想必是與貓貓他們一同讓船舶運來的那些大量甘藷。如今都被煮熟，進了飢餓的西都子民的胃。

「甘藷被拿去粥賑了呢。」

「羅半他哥，真是英年早逝啊。」

雀兩眼噙淚。竟然擅自把人家說成死人。

「哦，帶來的東西派上用場是好事啊。薯農小哥在那邊一定也很欣慰。」

（那邊是哪邊啊？）

李白的講法讓人分不清是生是死。

馬車抵達了別第。聽到馬兒嘶鳴，有些人聚集到門口來。正心想都是些什麼人，就看到其中有庸醫與天祐。

「小──姑──娘──」

滿臉倦容的中年人跑了過來。在快要撞上貓貓之前，李白抓住了中年人的脖子。小老頭兒慌亂地擺動手腳。是庸醫。

「醫官大人，您沒事吧？」

貓貓對庸醫低頭致意。李白把庸醫放到了地面上。

「小姑娘妳沒出事吧？雖說妳待在安全的地方，但心裡一定還是很害怕吧。我都快嚇死了呢，那是怎麼回事？還以為天要塌下來了咧。」

「畢竟光是一隻油蟲（蟑螂）就能把您嚇昏嘛。」

有幾次他們在打掃時碰到，庸醫無一次不是嚇得臉色慘白。大群飛蝗對他來說想必無異於地獄光景。

「竟然只有咪咪可以事先避難，會不會太狡猾了啊，真的是喔。真好，家裡有人當官就是不一樣。」

天祐跟平常一樣滿口酸話，但不知道他對壬氏的說詞相信幾成。

「沒人顧藥房不要緊嗎？」

貓貓說出發自內心的想法。

「嗯——我們那兒沒什麼事要忙。或許是因為負責給月君看診吧。聽說楊醫官他們忙翻了。」

（因為負責給壬氏看診所以很閒？）

總覺得怪怪的。

「對了對了，小姑娘。羅漢大人是真的很擔心小姑娘妳喲。」

「這樣啊。」

這消息沒什麼用處。

「大人好像很喜愛甜食，我看妳就帶著甘藷金團去探望他個一次嘛。上回他吃了好多呢。」

貓貓很想當作沒聽見，但她不去，那人大概自己也會跑來。比起這個，庸醫趁著羅半他哥不在擅自把種薯煮了吃才是問題。

「小姑娘，妳怎麼受傷了啊！妳這手是怎麼弄的？」

「啊，沒事的。之前做了些殺蟲藥，拿手做實驗。」

「實驗？小姑娘妳是蟲子不成？」

庸醫不解地偏偏頭。

「能殺得了貓，要殺蟲還不容易？」

天祐亂插嘴。

「好了好了，你們兩位。聊天就先聊到這裡好嗎？」

雀岔進他們之間。

「我有不少事情想去報告一聲的說。」

「報告？」

「是關於殺蟲藥的事。」

「噢，這樣呀。抱歉攔住你們了。」

庸醫為他們讓開一條路。天祐只是來打諢說笑的，似乎並沒有打算妨礙他們辦正事。

不光是玉袁的別第，達官貴人的府邸每一棟都是大而無用，而壬氏的房間更是位於府邸的最深處。貓貓明白這是對貴客的敬意，但老實講，走起來真遠。

「好，衣服沒亂。可以進去了。」

雀替貓貓與李白檢查衣服。貓貓看到雀的頭髮翹了起來，輕輕幫她撫平。

「失禮……」

貓貓才一進去的同時，就聽到一個器物碰撞聲。

壬氏姿勢有些歪斜地坐在椅子上。

水蓮和桃美一如平素地在一旁候命，高順與馬閃面容肅穆地站著。旁邊還站著隻家鴨

「呱」地叫了一聲，不知道該不該吐槽。

被馬閃拋下的家鴨跟貓貓他們一起回來了。牠一抵達別第就鴨不停掌地趕到馬閃身邊，分明是隻鳥，性情卻更像條狗。

（高順應該會很喜歡。）

這位叔叔外表陽剛，卻很喜愛甜食以及小動物。家鴨一定成了很好的療癒。

（不可以一直盯著家鴨瞧。）
貓貓望向李白，不知該由誰來報告。李白退後半步，意思似乎是要貓貓來報告。雀也退後了半步。
「小女子回來了。」
「辛苦妳了。」
由於桃美在場，貓貓神色比平時更緊張，不敢有所鬆懈。
（若是只有高順或水蓮在場就輕鬆了。）
壬氏似乎也懷著同樣想法，此時臉上掛起了「月君」的面具。桃美似乎也是壬氏的奶娘，但也許是教育方針與水蓮略有區別吧。
「那麼，情況如何？」
貓貓也不知道什麼情況不情況，總之就把雀告訴她的情形報告出來。
「作物損害嚴重，但不到斷糧的地步。據推測，小麥本身的收穫量尚餘往年的約莫七成。」
「那麼，羅半他哥的急報是發揮作用了。」
（連官方稱呼都是羅半他哥啊。）
大概是壬氏也還不知道他的本名吧。貓貓不禁擔心他要是這樣一去不回，墓碑上該刻什麼名字才好。

「我已派出信使前往其他村子，但無論如何估計，收穫量似乎都將低於往年的一半。而一些信使還沒回來的地方想必災情更為嚴重。」

羅半他哥再怎麼努力，還是有些地方救援不及。不，或許有些地方度過了難關，但看在旁人眼裡只會留下「上頭什麼都沒為我們做」這種觀感。

無論再怎麼認真拚命，也還是幫助不到最底層的百姓。

「李白，你看每個村子大約需要加派多少人手？」

「下官看最少需要十人吧。除了要處理蟲子與重建民房之外，最可怕的是——」

「暴徒？還是盜賊？」

「兩者皆是。」

發生天災會導致民不聊生。衣食不足則不知榮辱。不知榮辱，就會促使民眾行搶劫掠奪之事。

壬氏關注的是飛蝗散去之後的事。

雀讓亂翹的頭髮彈動了一下，等著壬氏也來問她，但始終沒輪到她說話。

「明白了，李白你辛苦了。回去當你的差吧。」

「是！」

李白從房間退下。家鴨不知在想什麼，跟在李白後頭。看牠屁股微微抖動，也許是想排泄。

（家鴨能訓練如廁嗎？）

貓貓覺得不可能辦到，但同時又覺得假如牠敢在壬氏的房間裡便溺，鐵定會被桃美做成烤鴨。如果牠是感覺到有性命危險才學會到外頭如廁，那可真是聰明。

貓貓也想跟著離開，但水蓮一個箭步擋住了門口。

「嬤嬤還有何吩咐？」

「呵呵，妳就再陪我們一會兒吧。」

被她這麼說，貓貓只能轉身回房間。

坐在椅子上的壬氏，月君的面具已經快掛不住了。

「妳的頭有無大礙？」

看來是馬閃把貓貓被雹擊中昏倒的事情，向他報告了。

仔細一瞧，壬氏的下眼瞼微腫，嘴唇乾裂。

「這不能夠肯定。也有些例子是打到頭之後過了數日才昏倒。」

據說即使頭部沒有外傷，也有可能顱內出血導致死亡。

「那妳就安分點！」

「不，就算再怎麼安分，會昏倒時還是會昏倒。唯有小女子的養父那般人物，才能醫治此種病症。」

阿爹或劉醫官或許能醫治得來，但他們都不在西都。

「因此，小女子想把能做的事都做到。」

「那麼，妳那右手又是怎麼回事？」

他似乎看到貓貓纏的白布條了。

「……是實驗的傷痕。」

「我怎麼以為妳不會用慣用手試藥？」

貓貓被壬氏半睜眼瞪著。跟平常立場顛倒過來了。

「呼。好吧，也罷。先不說這個……妳平安就好。」

（啊。）

貓貓心想，他完全從月君變成壬氏了。他把手掌緊緊握起又張開，有點孩子氣，流露出富有人性的一面。

「妳累了吧。回房間休息去吧。」

貓貓非常高興能聽到這句話。雀也差點高舉雙手表示喜悅，但注意到婆婆的視線就作罷了。

貓貓很想立刻回房間，但得先把一件事搞清楚。

「壬總管對於這場蝗災，難道不打算有任何舉措？」

這話可能有些犯上。貓貓不慎把他叫成了「壬總管」而不是「月君」。只是，壬氏一直以來為了蝗災想方設法，此刻怎麼想也不可能待在客房放鬆休憩。

「如今面臨這場史無前例的災難，壬總管難道沒有更多該做與能做的事嗎？」

他似乎聽懂貓貓的意思了。

「就如妳所看到的，**我**是客人，客居他鄉能做的事有限。所以，我隨手攜帶了份禮物給那些什麼都能做的傢伙。」

貓貓想起在街市上賑濟百姓的甘藷粥。

「是有人在街上賑粥。」

「看樣子他們有善加利用。」

「您說利用，就表示——」

壬氏帶來的糧食，已經轉交給了西都。而賑粥人就變成了西都之主。換言之，對城裡百姓而言，賑粥人才是恩人。

（根本是搶功勞。）

換言之，壬氏只有功勞被玉鶯攬去了。

「我也能明白他為何任由我對村子發出信使。假如什麼也沒發生，說成皇弟無故擾民就沒事了。就算發生了什麼事，功勞也歸西都。」

壬氏長得風流俊俏，性情卻腳踏實地。而且從不結黨營私，一心只為社稷著想。只要懂得利用之道，必定是枚十分好用的棋子。

而且就這麼巧，還真發生了大災害。

「我早已料到西都的那些人會對中央有所怠慢。有軍師閣下自願首當其衝，已經算是不錯了。」

「可、可是……」

對於這件事，其他人比貓貓更懊惱。馬閃仍舊板著一張臉，水蓮與桃美的臉色也都鬱鬱寡歡。高順更是在眉頭刻劃出深深的皺紋。

「此番我被找來西都，就是為了這件事。看來他是想請我當個陪襯。」

暫領西都之主玉鶯，竟不知天高地厚到想拿皇弟當配角。

（當自己是戲曲武生了？）

原來是這麼回事。貓貓握緊了拳頭。

他們還得在西都逗留一段時日。

雖說是玉葉后之兄，但貓貓實在無法喜歡玉鶯。

壬氏甘願一次又一次地抽下下籤。身旁的隨從都看得出他難以掩飾的疲憊之色。

（還是早點上床歇息吧。）

就在貓貓準備開口，想結束這個話題時……

「馬閃，家鴨在外頭胡鬧呢。」

水蓮出聲說了。

「舒鳧怎麼了？」

「那隻猴面梟又來了。也許想放生沒那麼容易吧？」

「因為牠已經習慣跟人相處了。」

聽到猴面梟幾個字，桃美笑逐顏開。看來她的確對那猛禽有了同類相惜之情。

「你們能不能幫忙去看看？你們很會應付那些鳥兒吧？」

「既然您都這麼說了。」

縱然桃美堪稱女中豪傑，面對歷練老成的侍女水蓮也得讓她三分。馬閃也擔心家鴨，離開房間了。外頭已是夕陽時分，雀點燃了燈具。蜜蠟的甜香滿室飄散。

「雀姊，能否請妳來幫我準備晚膳？」

「是。」

雀動作有些誇張地回答。

水蓮闔起一眼看向了貓貓。
（原來是這麼回事啊。）
高順也沒要做什麼，就跟著水蓮走。應該會站在有任何狀況都能立時趕到的位置吧。
房間裡只剩下兩人，貓貓大吸一口氣，呼了出來。
「壬總管。」
「怎麼了？」
「您有沒有在硬撐？」
壬氏已完全摘下了月君的面具。
「……孤沒有一刻沒在硬撐。」
打從生為皇族的那一刻起，就沒有自由可言。貓貓反省自己不該問這種理所當然的問題。
「那麼，您還能再硬撐多久呢？」
壬氏的苦撐也是有極限的。
「這個問題就難了。那要等到快累垮了才會知道吧？」
「大多數會把身體弄壞到無藥可醫的人，都是那些一邊說著我還行，一邊苦幹的人呢。」

「……」

壬氏的臉蒙上陰霾。

「若是如此，幫助那些人恢復元氣，不就是藥師的職責嗎？」

「您說得對。那麼我該為您侍湯藥嗎？」

「不——」

壬氏把右手伸了過來。

（嗄？）

貓貓不懂壬氏這樣做的意思，目不轉睛地盯著他的手瞧。壬氏有著一雙大手，手指修長。指甲修剪得整齊漂亮，用銼刀磨過。

大手就這麼蓋到了貓貓的頭上。

（嗚哇！）

貓貓被他當成狗一樣亂摸一通。她想打掉，壬氏的手卻靈巧地閃開。

「您這是做什麼？」

貓貓把變得亂七八糟的頭髮撫平。這數日來沒那多餘工夫洗浴，頭髮應該早已油膩不堪才是。

「孤只是在恢復元氣，以免累垮而已。」

壬氏抬頭挺胸，宣稱自己沒做任何壞事。

「應該有其他更有效的法子吧？」

「妳准我用其他更有效的法子？」

「……」

貓貓退後半步，用雙手比個叉叉。

「更有效的法子是……」

「是，事情都報告畢了。小女子告退！」

貓貓機警地閃開，離開了房間。

她大吸一口氣再吐出來。

（他最近言行比較拐彎抹角，害我都忘了。）

壬氏行事作風向來強硬。而且做起事來六親不認。這陣子他對貓貓比較客氣，應該是因為上次使的手段太過亂來。

她想走走讓心情平靜下來，就看到不只梟、家鴨與馬閃，還有山羊加入他們的行列到處亂跑。

（那是雀姊的山羊。）

明明是人家的別第，卻搞得像牧場似的。

（真是有夠自由自在的。）

那幅景象蠢笨到了極點，但同時也令人發噱。

貓貓微微翹起嘴角，然後握緊拳頭，決心明天繼續製作殺蟲藥。

她還得在西都逗留一段時日。既然她叫壬氏不許硬撐，那貓貓自己也不能硬撐。

但是，能力所及的事還是得做。

終話

芬芳馥郁的茶，搭配使用大量的酥（奶油）烘焙的點心。燒的是稍微刺激點的香，藉以烘襯這些甜香。

茶會由玉葉后主辦，款待眾賓客。

在後宮舉辦過多次的茶會，自她從嬪妃升為皇后之後，次數就不再那麼頻繁了。但是，就款待賓客這點而論，她自認功夫並未退步。

「謝皇后娘娘此次邀請。」

荔國各權貴的的夫人們，紛紛向玉葉致意。每一個年紀都比玉葉大。茶會當中只有一人比玉葉年輕，就是雅琴——她的姪女。

「這位是？」

一名眼尖的客人詢問雅琴的事。

「她是我的姪女，遠從西都來到這兒的。」

玉葉笑容可掬地回答。

雅琴尚未進入後宮。不只是玉葉的意思，玉袁也交代過先別讓她入宮。父兄二人的意向不同。這樣一想，玉葉的行動便更無迷惘。

玉葉不說她是玉鶯的女兒，而說是自己的姪女。誰也不認識什麼遙遠西境的領主。玉鶯在京城只會被叫做玉袁的兒子。

而雅琴容貌不像玉鶯，反倒是像極了玉葉。

誰都會以為雅琴是玉葉的表姪。

茶會上聊著時興的香、境外的天鵝絨以及新的妝容，從客人的整體年齡來想，大多數的話題似乎略嫌年輕。玉葉是顧慮到雅琴不習慣這種場合而故意挑選那類話題，同時也是為了避免論及政事。

今天的主要目的並非加強與權貴們的關係。人選比較偏向一些不具野心、教養良好的夫人。

這數個月來，雅琴對玉葉卸下了不少心防。她果然是養女，而非玉葉的異母哥哥玉鶯所親生。大概是看到皇上立玉葉為后，而因此判斷皇上喜愛充滿異國情調的姑娘吧。

玉葉冷冷一笑。

皇上不是只看外表選妃的那種人。外表自然是重要因素之一，但不會偏好美色、耽溺情愛。玉葉只會受寵，卻絕不可能傾國。

父親玉袁很了解皇上的性情。所以，他沒有在先帝當朝時獻出年幼的玉葉。而是待機而動，在皇位更迭之前對玉葉施以嬪妃所需的教養。

玉袁原為商賈，會選擇最有益的一條路。但他不會短視近利，而是注視著十年、二十年，甚或五十年後的將來。

玉袁即使自己已經作古，仍會繼續尋求利益。而玉葉知道，這個利益指的並非家族繁榮此等毫末之利。

玉葉相信自己很得玉袁的疼愛。但是，這份愛並非無可撼動。只要玉袁追求利益時認為玉葉成了障礙，就會對她棄而不顧。

玉葉能做的就是提升自己的價值，讓自己在玉袁的天秤上變得更有重量。

茶會也是其手段之一。

在一團和氣之中，茶會結束了。諸位權貴夫人，對來自西境的貿易品興味盎然。等過一陣子，就賞賜些給她們吧。

玉葉命侍女們收拾茶具，回到房間。她讓雅琴也一起過來。

「看起來，妳已經漸漸適應茶會了？」

「是。謝玉葉娘娘眷顧。」

「一開始，妳還連一句話都說不出來呢。」

「啊！請娘娘莫要取笑。」

雅琴儘管舉手投足無一不美，這大家閨秀終究是臨時磨練出來的。簡短的對話是不成問題，但話一講得久了就會冒出戍西州特有的口音。玉葉若不是兒時受到紅娘嚴格矯正，講話也會有口音。

這種口音使得雅琴不是很適合參加茶會。也就是說，她純粹只是為了獲得貴人寵愛才被進獻入宮。

「玉葉娘娘，妾可否斗膽一問？」

「不要緊，妳問吧。」

「不知戍西州目前的情況如何？」

雅琴難掩不安的神情。

「何事讓妳憂心？」

玉葉單刀直入地問。

「……就快到蟲子的繁殖期了。妾擔心作物長得不好。」

雅琴是個真誠的姑娘。心地善良，又學得快。

所以玉葉很同情她。

雅琴大約在十天前將她親生父母的事告訴了玉葉。本來應該是打算絕口不提的吧。

這個相貌與玉葉神似的姑娘很尊敬玉鶯。

雅琴原為遊牧民之女。但是，由於父親後來罹病，於是在農村定居下來。當然，才剛定居不可能就種得出農作物來。家裡在附近放牧家畜，同時一點一點學習農事。值得感激的是，領主願意提供補助金。

這領主，就是玉鶯。

對玉葉而言，玉鶯不是惡人。然而，玉鶯認為公理正義屬於自己。所以，兩人水火不容。

得到玉袁器重的玉葉，違反了玉鶯的公理正義。

玉葉不是不能體會這種心情。他是長子，又是正室之子。不光是西都，茘國很多男人都看不起側室晚生的女兒。

令玉葉介意的是，玉鶯厭惡玉葉的容貌。不是她的美醜，是厭惡她的紅髮碧眼。他身為商賈之子，又是將來必須掌理西都此一貿易之地的人物，排斥異國人著實有些不妥當。

基本上，玉袁總是教誨子女必須將異國人視為親朋鄰里。為什麼在尊敬父親的同時，卻又違背父親的教誨？玉葉就是不明白這一點。

而雅琴很尊敬這樣的玉鶯。數年前作物歉收，逼得雅琴不得不賣身。賣掉女兒不是什麼稀奇事，對窮人家來說女子也是財產之一。她就這樣賣身為娼了。

玉鶯收養了被迫賣身餬口的雅琴作為養女。不只如此，還讓她接受了教育。

玉葉覺得表面上是美事一樁。

她不會說出背地裡有什麼企圖，也無意將真相告訴雅琴。

玉葉認為不予以否定是自己的長處之一。

「西都那兒應該就快捎來音信了吧？我一得知消息，立刻就告訴妳。」

她從雅琴頭上拔掉簪子。可能是覺得頭上變輕了些，雅琴長嘆一口氣。

「妳去更衣，然後就來學習吧。為了幫上兄長的忙，學習技藝絕不可懈怠。」

「是。」

雅琴是個真誠的好姑娘。她尊敬玉鶯，還為了把自己賣掉的家人操心。殊不知她的家人一定從玉鶯那兒收到了大把銀子作為堵嘴錢。

玉葉要雅琴去更衣，將她從房間支開後，這回換成白羽走了進來。手裡拿著一張皺巴巴的紙。

「玉葉娘娘。」

白羽把拿來的紙交給玉葉。紙張曾經被擰成小條，用以綁在鴿子腳上傳書。不過，這次紙摺得比平時更凌亂。

玉葉看看是否仍是月君平常送來的鴿子，發現不是。是不同於皇弟、來自另一個途徑的信使。

「這是——」

「是。」

白羽應該已經看過內文了。信裡寫著西都……不，是戌西州發生了蝗災。從潦草的筆跡來看，必然是火急送出的。

玉葉惡狠狠地咬緊牙關。

「白羽。」

「奴婢已備妥了陸海兩路的信使。目前有一鴿子可供傳信，只等娘娘差遣。只是目前西都陷入混亂，鴿子恐怕不見得能飛抵該地。」

即使如此，還是比派人傳信快得多。

「……就用鴿子吧。」

玉葉準備一張質地堅韌的紙。

她只寫了這麼一句話，然後用油紙包好。

『但憑尊意。』

玉葉把信綁在白羽帶來的鴿子的腳上，將牠放走。藍天白鴿相映，明媚耀眼。

在這萬里晴空的京師，想必誰也想不到吧。想不到將發生蟲子鋪天蓋地，將作物糧食吞吃殆盡的景況。無法想像那種景況的人必然會想：「西方那些傢伙，不過是幾隻蟲子就大驚小怪，滿口牢騷。」

玉葉大吸一口氣，然後吐出來。

自己是為了什麼才會進入後宮？父親為何會讓玉葉躋身中央？父親是否還會繼續疼愛玉葉一生一世？

「好！」

為了鼓舞自己，玉葉本來想拍打自己的臉頰，但被白羽阻止了。

「好了，瘋丫頭的性子都跑出來了。別的不說，臉傷不得。」

「好啦——」

「也不可以回話回得這麼懶洋洋的。」

這兒時玩伴管得真嚴。

玉葉另外準備一張紙，寫下為了西境能做的事。

真正的鬥爭今後才要開始。

《藥師少女的獨語 11》待續

反派千金轉職成超級兄控 1~3 待續

Kadokawa Fantastic Novels

作者：浜千鳥　插畫：八美☆わん

為了替兄長慶祝，
優雅且冷酷的宴會即將展開——

暑假將至，葉卡堤琳娜與阿列克謝打算回到公爵領地，屆時將舉辦慶祝兄長繼承爵位，也是葉卡堤琳娜首次亮相的慶宴。然而公爵領地至今仍瀰漫著祖母遺留的黑暗面，更有傲慢無禮的分家和螺旋捲反派千金⋯⋯！凡輕蔑兄長大人者，概不輕饒！

各NT$200/HK$67

聖女魔力無所不能 1~7 待續

Kadokawa Fantastic Novels

作者：橘由華　插畫：珠梨やすゆき

聖要前往「冰霜騎士」的老家！
意外的淨化之旅即將展開……!?

聖開始接獲大量的社交邀約，應邀參加派對。話題聊到各領地的名產時，參加者對聖投以期待的目光，希望她可以舉辦餐會……於是聖決定舉辦將各種名產做成創意料理的王宮美食祭！祭典結束後沒想到又有復發的瘴氣，因此聖一行人必須前往新的地區淨化！

各 **NT$200~230/HK$65~77**

聲優廣播的幕前幕後 1～2 待續

Kadokawa Fantastic Novels

作者：二月公　插畫：さばみぞれ

「妳們兩人就這樣上吧——！」
即使是聲優生涯最大的危機，依舊無法停下……！

「高中生廣播！」決定繼續播出！——才放心不久，便遭嚴謹實力派前輩聲優芽玖瑠強烈批判。但她其實在「幕後」也有祕密的一面……此外，不禮貌的視線和快門聲也追到夕陽與夜澄就讀的高中。對這樣的事態感到不耐煩的夕陽之母對兩人提出超難題——？

各 NT$240~250/HK$80~83

救了想一躍而下的女高中生會發生什麼事？ 1 待續

Kadokawa Fantastic Novels

作者：岸馬きらく　插畫：黒なまこ　角色原案、漫畫：らたん

與墜入絕望深淵的女高中生，
共譜暖洋洋的同居生活。

為了維持優待生資格，結城祐介的生活只有讀書和打工。某天心中猛烈興起「想要女朋友」念頭的他，發現有個少女想從大樓屋頂一躍而下。「與其要輕生，不如當我的女朋友吧。」「咦？」在這場奇妙的相遇後，兩人展開了全新的日常與戀愛……

NT$220/HK$73

一點都不想相親的我設下高門檻條件，
結果同班同學成了婚約對象!? 1~2 待續

Kadokawa Fantastic Novels

作者：櫻木櫻　插畫：clear

「我們可以睡在同一間房裡嗎……？」
始於假婚約，令人心癢難耐的甜蜜戀愛喜劇，第二幕。

不斷累積甜蜜時光的過程中，心也越來越貼近彼此。當由弦和愛理沙一如往常地待在由弦家時，卻突然因為打雷而停電。憶起兒時心裡陰影的愛理沙半強迫性地決定留宿在由弦家，於是由弦準備讓兩人能分別睡在不同房間。不安的愛理沙卻開口拜託他——

各 **NT$250/HK$83**

繼母的拖油瓶是我的前女友 1~6 待續

Kadokawa Fantastic Novels

作者：紙城境介　插畫：たかやKi

「我問妳。『喜歡』究竟是什麼？」
前情侶面對彼此情感的文化祭篇！

時值初秋，水斗與結女同時被選為校慶文化祭的執行委員……隨著兩人獨處的時間變長，水斗試著確認夏日祭典那個吻的意義，結女則想讓水斗察覺到她的感情。兩人一邊互相刺探，一邊迎接校慶日的到來——

各 NT$220~250/HK$73~83

義妹生活 1~2 待續

Kadokawa Fantastic Novels

作者：三河ごーすと　插畫：Hiten

緩慢但確實的變化徵兆——
描繪兄妹真實樣貌的戀愛生活小說第二集！

適逢定期測驗，沙季為了不拿手的科目苦惱，想幫助她的悠太為她整頓念書環境、尋找能夠集中精神的音樂。就在此時，悠太的打工前輩——美女大學生讀賣栞找他約會。聽到這件事，浮上沙季心頭的「某種感情」是……？

各 **NT$200/HK$67**

熊熊勇闖異世界 1~13 待續

Kadokawa Fantastic Novels

作者：くまなの　插畫：029

優奈將在灼熱之地，
展開新的沙漠冒險！

受國王所託的優奈，為了將克拉肯的魔石送達，動身前往國境城市——迪賽特。抵達迪賽特城後，優奈在冒險者公會認識了懷有某個重大煩惱的領主女兒——卡麗娜。為了實現她的願望，優奈將挑戰魔物橫行的金字塔迷宮!?

各 **NT$230~270/HK$70~83**

國家圖書館出版品預行編目資料

藥師少女的獨語/日向夏作 ; 可倫譯. -- 初版. -- 臺北市 : 臺灣角川股份有限公司, 2022.06-

冊 ; 公分. -- (Kadokawa fantastic novels)

譯自 : 薬屋のひとりごと

ISBN 978-626-321-522-1(第10冊 : 平裝)

861.57 111005651

Kadokawa
Fantastic
Novels

藥師少女的獨語 10

（原著名：薬屋のひとりごと 10）

2022年6月20日　初版第1刷發行
2024年3月15日　初版第5刷發行

作　　者：日向夏
插　　畫：しのとうこ
譯　　者：可倫

發 行 人：台灣角川股份有限公司
總 　 監：呂慧君
總 編 輯：蔡佩芬
主　　編：林秀儒
編　　輯：邱璟萱
設計指導：陳晞叡
美術設計：吳佳昫
印　　務：李明修（主任）、張加恩（主任）、張凱棋

發 行 所：台灣角川股份有限公司
地　　址：104台北市中山區松江路223號3樓
電　　話：（02）2515-3000
傳　　真：（02）2515-0033
網　　址：www.kadokawa.com.tw
劃撥帳戶：台灣角川股份有限公司
劃撥帳號：19487412
法律顧問：有澤法律事務所
製　　版：巨茂科技印刷有限公司
ＩＳＢＮ：978-626-321-522-1